그대라는 꽃은
피어납니다

그대라는 꽃은
피어납니다

일생의 테마, 라이프워크를 찾아가는
사하라 이야기

임영복 지음

나의 라이프워크는
'라이프워크를 찾아주는 안내자'이다.
'라이프워크를 찾아주는 안내자' 속에는 '맘껏 산다!'
라는 마음이 숨겨져 있다.

첫 번째, 내가 맘껏 사는 것이다.
그래서 누구보다도 내가 먼저 나에게 오는 신호를 따라가는 것이
다. 최근에 왔던 신호는 제주도이다. 제주도의 대자연 속에서 산책
하며 카야킹 하고 숲속을 거닐며 2년을 사는 거다. 무엇보다 제주
도에서 라이프워크를 찾아주는 학교, '사하라인생학교'를 만들어가
는 것이다.
이 신호는 나에게 가슴 떨림, 가슴 뜀, 또는 이미지로 다가왔다.
그래서 그 신호를 따라가서 지금 1주일의 절반은 서울에서, 절반은

제주도에서 보내고 있다.

두 번째, 나에게 오는 이들을 맘껏 살도록 돕는 것이다.
여러 두려움과 의심, 어려움을 이겨내고 자기가 하고 싶은 것을 발
견하고 할 수 있도록 돕는 거다. 옆에서 바람잡이 하는 거다.
그것이 바로 라이프워크를 찾아주는 안내자 역할이다. 나에게 오는
이들이 각자 신호를 따라 자신만의 라이프워크를 발견한다.

'세상의 소외된 사람들을 위한 사진작가'
'기획, 즐거움, 변화'
'아름다운 노래를 부르다'
'감동을 불러일으키는 영상디렉터'
'가슴 뛰는 꿈을 디자인하다'
'사진으로 도움을 만들다'
'글쓰기로 존재에 용기를 주다'
'빛을 향해 함께 걷다'
이렇게 각자 자신만의 라이프워크를 결정하여 맘껏 날아갔다.
그래, 나는 그들이 그렇게 맘껏 살도록 돕는다.

이 얼마나 설레는 일인가.

이 얼마나 재미있는 일인가.

어떻게 그들에게 라이프워크를 찾아 주었냐고?
하! 하! 하! 궁금할 거다.
그래서 이 책에서는 그동안 사하라를 경험한 이들에게 어떻게 그
신호를 찾아가고, 라이프워크를 발견하도록 도왔는지에 대한 방법
들을 적어놓았다.

모든 사람에게 각기 신호가 온다.
가슴 떨림으로,
닮고 싶은 사람을 발견함으로,
가장 행복한 순간으로,
추구하는 가치로,
말씀으로,
우리는 그 신호를 받을 때면 가슴이 뛴다.
신호는 다음 신호로 이어지고,
가슴뜀은 가슴뜀으로 이어진다.
우리는 그렇게 자신에게 온 신호를 따라 사는 것이다.
물론 그 신호를 따라갈 때, 실패할 것 같은 걱정과 두려움도 온다.
하지만 담대히 이겨내고 신호를 따라가보자.

그대가 늘 꿈꾸던 그것으로 이끌테니.

마침내 그대는 아- 그렇구나! 라고 이해하게 될 것이다.

그대들의 신호 따라감을 응원하며

2016년 초가을

라이프워크 안내자 큰산

contents

season 3
여름

interview

그대라는 꽃

season 1

|

겨울

씨앗은
겨울을 경험해야만
싹이 나온다.
겨울을 나지 않은 씨앗은
싹을 틔웠다가도
조금이라도 날이 차가워지면
죽고만다.
그래서 겨울을 경험하는 것이
계절의 시작이다.

잠시 쉬어도 좋아

단비는 대학교 2학년이다.

초등학교 2학년 때부터 피아노를 쳤다.

그리고 피아니스트가 꿈이 되어 대학교에 들어갔다.

12년을 그렇게 한결같이 피아노를 쳤다.

그러던 어느 날 갑자기 피아노가 보기 싫어졌다.

도무지 건반에 손을 대기조차 싫어졌다.

어떡해야 되나.

지금은 학교를 휴학하고 집에서 쉬고 있다.

어머니는 그런 딸이 불안하기만 하다.

그래서 어머니께서 딸을 데리고 찾아오셨다.

초등학교에서 대학교까지 꿈은 평균적으로 3-4번 정도 바뀐다. 그
리고 빠른 아이들은 중3부터, 늦으면 대학교 1-2학년 사이에 소위

꿈이란 흥미가 결정된다. 그 흥미가 평균적으로 10년 가고 우리는 보통 그것을 꿈이라고 말한다. 그러므로 우리가 꿈이라고 말하는 목표를 갖기까지 적어도 3-4번의 실수 내지는 시행착오를 겪는 거다. 사실 그렇게 겪어야만 흔들리지 않는 꿈을 갖게 되는 거다.

종종 사하라로 초등학교 자녀를 둔 부모님께서 자녀가 꿈이 없다고 자꾸 바뀐다고 고민을 상담하러 온다. 그러면 나는 지극히 정상이라고 말한다. 그리고 적어도 중3까지는 오히려 꿈을 결정하지 말라고 말한다. 꿈이 꿈을 한정시킨다고, 그 시간에는 여러 가지 경험을 통해서 꿈의 재료를 모아야 한다고, 그런 후에야 10년을 걸만한 꿈을 결정하거나 발견하게 된다고 말이다.

단비는 너무 일찍 꿈을 결정했나보다.
꿈의 시행착오 기간을 놓쳤나보다.
오직 피아노 하나만 보고 살았다고.
그런데 갑자기 이렇게 싫어지니 어떻게 해야 될지.
무엇을 해야 될지 모르겠다고 말한다.
어떻게 할까?
잠깐 오는 바람 같은 슬럼프일까?
아니면 이제 새로운 꿈을 시작해야 될까?

함께 알아가야지.
하지만 그 무엇보다도 조급함을 갖지 말라고 말했다.

지금은 잠시 쉬어도 좋다고
사랑을 잃고 나서 회복하려면 그 사랑을 한 기간만큼 필요하듯,
12년 동안 피아노와 사랑에 빠졌었는데
좀 쉬자고,
좀 여유를 갖자고 이야기했다.
그랬더니 단비가 펑펑 하염없이 운다.
얼마나 스스로 겁이 났을까?
자기 인생이 실패했다고 무언가 잘못되었다고
얼마나 막막했을까?
나는 한참동안 우는 단비를 기다려주었다.

우선 어떻게 쉴까?
뭐하면 행복하니?
우선 하고 싶은 것
갖고 싶은 것
누리고 싶은 것
경험하고 싶은 것

하나씩 적었다.

늦잠자고 싶고
산책하고 싶고
도서관에서 책 읽고 싶고
만화책도 빌려다가 방에 드러누워 읽고 싶다고 했다.
그래 그렇게 푹 쉬라고 했다.

지금은 푹 쉴 때.
조급함을 내려놓고 그렇게 쉬다보면
다시 힘이 생길 거다.

꿈의 길을 잃어버렸다면 잠시 쉬어도 좋다.
쉬다 보면 어느새 길이 다시 보인다.

이른 꽃

대안학교에서 진로교사로 일할 때였다.

이른 봄에 교무실 앞에 목련꽃을 옮겨 심었다.

그랬더니 그 봄에 목련꽃이 활짝 피어서 얼마나 좋았는지 모른다.

하지만 어느새 그 목련꽃은 말라죽고 말았다.

어떻게 된 일인가 싶어 알아보았더니

꽃나무는 옮겨 심으면 바로 꽃을 피우게 해서는 안된다는 것이다.

아직 뿌리가 자리잡혀 있지도 않은데

나무가 꽃을 피우기 위해 자신의 온 영양분과 수분을 소진해버려서

꽃을 피운 후에 말라죽고 만다는 것이다.

그러므로 옮겨 심으면 가지치기를 해주어서 꽃을 피우지 못하게 하

여 뿌리가 땅에 굳건히 박히도록 해주는 것이 무엇보다도 중요하

다는 것이다.

그때 나에게 얼마나 큰 울림이 오던지,

그렇지, 우리는 빨리 꽃 피우기만 바라지.
늘 뿌리가 굳건히 세워지는 시간을 놓치는 거다.

뿌리가 굳건히 세워지면
매해 꽃을 피우고 열매를 거둔다.

뿌리가 세워지지 않은 채로 꽃을 일찍 피우면
오히려 위험한 것이다.

꽃을 피우기보다는
뿌리를 굳건히 세우는 시간이 중요하다.

더디 가더라도
뿌리에 힘을 주고
보이지 않더라도
든든한 뿌리를 만드는 시간이 더욱더 중요하다.

슬럼프에 빠졌어요

한 청년이 말했다.

"슬럼프에 빠졌어요.
어떻게 해야 될지 모르겠어요.
모든 것이 힘들어요.
모든 만남도 힘들어요."

그리고 한참동안 운다.
나는 그녀가 한참 다 울기를 기다렸다.
그리고 이야기했다.

"슬럼프는 그대가 잘못해서 온 것이 아니에요.
혹시 그대가 무슨 잘못이나 실수를 했기 때문에

오는 것이 아니에요.
계절에 있어서
봄, 여름, 가을, 겨울이 있듯이
그냥 그렇게 겨울이 온 거에요.
모든 것이 하기 싫고,
두렵고, 귀찮고
그냥 쉬고자 하는 그런 계절이 온 거에요.

하나님이 그렇게 그대에게 주신 거에요.
그러니 결코 그대의 잘못 때문에 슬럼프가 온 것이 아니에요.

그냥 푸욱 쉬어요.
그냥 혼자 쉬어요.
평소에 하고 싶었던 것 한두 가지 겨우겨우 하면서
푸욱 쉬어요.
겨울에 나무가 나뭇잎을 다 떨어뜨린 채로
겨우겨우 겨울을 버티어내는 것처럼.

최소한의 힘과 기운으로 그렇게 버티어내요.
그러면 돼요.

그냥 그렇게 쉬면서 버티어내요.
스스로에게 휴식을 주어요.
그러다보면
다시 봄이 올 거예요.
다시 무언가 하고 싶은 싹이 돋아날 거예요.

그냥 그렇게 믿고
겨울을 쉬면서 휴식을 취하세요.

사실 겨울은 하나님께서 그대에게 주신 선물이랍니다.
나무를 보면 겨울에 나이테가 생기잖아요.
나이를 먹어요.
바로 겨울에...

그것처럼
그대가 더욱 깊어지는 시간이랍니다.
이전의 관계나 모습으로는
그대의 영혼이 답답해서
그러는 거예요.
깊어지고

조용해지고
앙상해져서

정말로 중요한 것이 무엇인지
정말로 소중한 것이 무엇인지
그것을 알아차리는 시간이거든요.

그렇게 중요하고 소중한 것이
무엇인지 알아차리면서
자신도 추스르면

어느새 봄을 맞이할 거예요.
그리고 그 중요하고 소중한 것이 무엇인지 알았기에
그 씨앗에서 싹이 날 거예요.

그래서 겨울은 하나님이 그대에게 주는 선물이에요.
"야, 좀 쉬고 휴식을 취하면서
 숨도 고르면서
 너에게 소중한 것이 무엇인지
 알아차리렴.

그리고 우리 그 소중한 것에서
함께 싹을 틔우자!"

좀 힘들지만
쉬면서
그 선물 잘 받아요.

게으름

사람은 상당한 양의 여가 없이는
최상의 많은 것들로부터 차단된다.

- 버트런드 러셀 〈게으름에 대한 찬양〉

그래, 이거다.

멍땡 부리는 시간이 필요하다.

그냥... 그냥... 노는 시간이 필요하다.

심심한 시간이 필요하다.

마냥 무료한 시간이 필요하다.

자신에게 오는 신호를 찾으면,

자신의 라이프워크를 발견하노라면 알게 된다.

결국 자기 자신이 이미 알고 있었다는 것을,
이미 자신의 바지 호주머니에 담겨 있었다는 거다.
다만 생각할 시간이 없었을 뿐이지.
응, 알아차릴 여유가 없었을 뿐이다.

그래서 어쩌면 라이프워크를 찾아주는
가장 최고의 방법은
그에게 무료한, 게으른 시간을 선물해주는 거다.
그냥 멍때리는 시간을 주는 거다.
그러면 그는 자신에게 오는 신호를 알아차리고,
하나님께서 이미 그에게 주신 열정과 달란트를 찾는 거다.

오예!

그대는
이미 라이프워크를 찾을 수 있는 힘과 지혜를 갖고 있다.

시련

한 마리의 새가 메마른 광야에 서 있는 시든 나무에서 살았다.
어느 날 회오리바람이 그 나무를 뿌리째 뽑아버렸다.
그 새는 '어떻게 이런 일이 나에게 일어날 수 있지?' 울었다.
그래도 살아야 하기에 새로운 보금자리를 찾아 떠났다.

옛날의 시든 나뭇가지를 그리워하며
정말로 새로운 가지를 찾을 수 있을까 두려워하며
몇 날 며칠을 하염없이 울면서 날았다.
그러다가 마침내 과일이 달린 나무숲, 오아시스에 이르렀다.

그곳에서 풍요롭게 살기 시작한 새는 문득 알아차렸다.
만일 그 시든 나무가 살아 있었다면,
만약 회오리바람이 나의 보금자리를 파괴하지 않았다면,
내가 과연 여기에 있을 수 있었을까?

시련은 그대에게 새로운 꿈과 오아시스로 떠나라는
신호일지도 모른다.

- 「일분지혜」 앤소니 드멜로

season 2

봄

봄은 자연스러움이다.
씨앗은 굳이 애쓰지 않아도,

때가 되면
싹이 나고 꽃은 피어난다.

버킷리스트

라이프워크 수업에서 가장 중요한 과정은
자신의 버킷리스트를 적고, 한 주 한 주 그것들을 실행하고,
이를 실행한 증거사진들과 함께 그때의 느낌들을 나누는 것이다.

1. 원하는 사진기 사기

2. 야구장 가서 미친 듯이 응원하기

3. 오랫동안 만나지 못했던 친구들 만나기

4. 어머니께 미국 비행기 표 선물하기

(20년 동안 못 본 동생을 보고 싶다는 어머니의 소원)

5. 평소에 꼭 하고 싶었던 요리학원 등록하기

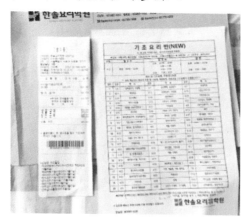

한 주 한 주씩 자신이 실행한 버킷리스트를 발표하는 일은 꽤나 흥미진진하다. 흥분해서 소리 지르면서 축하해주고 응원해준다. 때론 저지르지 않으면 막 갈구기도 한다.

그래서 한 청년은 끝내 120만원짜리 기타를 샀다. 물론 그것을 살 것인가 말 것인가를 2년 동안 고민했었단다. 하!하!하!

그리고 이야기한다. '어떻게 할 수 있을까'라는 처음 걱정과 우려보다도 훨씬 쉬웠다고. 그는 '좋아하는 것이 있다면 지금 하기'라는 가장 기본적인 수업을 하고 있다.

내 것, 하나님 것

"내가 원하는 것을 적어요? 아니면 하나님께서 원하시는 것을 적
 어요?"
"버킷리스트를 적을 때는 잠깐 하나님을 내려놓으세요."

버킷리스트를 적는 과정에 한 청년이 물어본다. 나는 웃으면서 그냥
자신이 좋아하는 것, 하고 싶은 것, 경험하고 싶은 것, 갖고 싶은 것
들을 다 적으라고 했다.

"그대는 어쩌면 내가 원하는 것, 하나님이 원하는 것이라는 구분
이 있지요? 하나님이 원하는 일이라는 물음은 아주 중요해요. 하
지만 그 물음이 자신을 축소하고 한계를 지을 수 있을 것 같아요.
라이프워크는 그런 구분에서 시작하지 않아요. 오히려 다른 전제
에서 시작합니다. 바로 하나님께서 만들어놓은 모든 창조물들은

자신의 꽃을 피우고 열매를 맺습니다. 그리고 자신 안에 있는 꽃이
어떤 것인지 알려주는 여러 신호들이 있습니다. 그 신호들 가운데
가장 강력한 신호는 바로 흥미와 재미입니다.

즉, 재미있고 흥미 있는 것을 발견하는 것은
자신의 꽃을 발견하는 신호이구요.
그 꽃으로 자신의 일생 속에 맛있는 열매를 맺어서
이웃들에게 행복을 전하는 것이지요.

가령 돈을 벌려고 하는 의사가 아니라
사람들을 돌보고 병을 고치는 것을 좋아하고 즐기는 사람이
의사라면 훨씬 행복하지요."

농구화

"자신이 사랑해야 할 대상은 이웃만이 아닙니다.
자기 자신도 이웃만큼 사랑해야 합니다."

그렇게도 갖고 싶었던 농구화를
자기에게 선물해주기를 주저하는 참가자에게 이야기했다.

자기 자신에게 부담 갈 정도로 큰 선물을
선물해주었을 때 그 기분 좋음을 느껴봅니다.

오예!

자신을 알다

"제가 식물을 키우는 것을 이렇게 좋아하는 줄 몰랐네요."
"저는 운동할 때 무척 좋아하고 행복해하네요."
"예, 저는 사진 찍는 것을 좋아해요. 그래서 사물을 자세히 관찰하
  는 것도 좋아해요."
"저는 사람들이 저에게 이야기할 때 가만히 들어주는 것을 잘해요.
  좋아하기도 해요. 그러면서도 그들을 편안하게 해주어요."
"저는 제가 무엇을 좋아하는지를 모른다고 생각했어요. 하지만 이
  렇게 적고 보니 내가 무엇을 좋아하는지 알겠어요."

그냥 내가 좋아하는 것이 무엇인지,
내가 경험하고 싶은 것이 무엇인지,
내가 하고 싶은 것이 무엇인지,
내가 갖고 싶은 것이 무엇인지,

내가 이루고 싶은 것이 무엇인지,
순서에 상관없이 생각나는 대로 적는다.

또 내가 행복할 때가 언제인지,
내가 무엇을 할 때 행복한지를 적어본다.
좋아하는 것과 행복한 것이 중복되어도 좋다.
그냥 마음껏 누린다.

카페에 앉아
항긋한 커피와 맛있는 케이크를 시켜놓고
좋아하는 음악을 들으면서
그냥 적는다.
적는 것을 즐긴다.

친한 친구와 함께하면 좋다.
연인끼리 하면 아주 좋다.
부부끼리 하면 끝장이다.
다 적은 후, 서로 적은 것을 실컷 나눈다.
그렇게 나누다보면
내가 좋아하는 것이 무엇인지, 내가 언제 행복한지 알게 된다.

내가 나를 어느 정도 이해하게 된다.

내가 나를 알아주는 것.
그래서 때때로 내가 힘들어 할 때
내가 좋아하는 것이나 행복한 것으로 선물해주면서
나를 위로한다.

내가 나를 알아주는 것
은근히 좋다.

이런 나를 알아주고
이런 나를 이해해주고
이런 나를 사랑해주는 것에서부터
자신의 꽃은 피어난다.

어두움을 다루는 법

모든 사람은 빛과 그림자가 있다.
아무리 성공한 사람도, 유명한 사람도
그 밝음과 그 성공만큼 짙은 그림자와 장애물이 있는 법이다.
그렇다면 그 그림자를 어떻게 다루어야 할까?

한 청년이 찾아왔다. 그리고 자신이 하고 싶은 이야기를 나눴다.
또 그렇게 하고 싶지만 자신에게는 강박 증세와 우울감이 있어서 하
고 싶은 것을 못하고 있다고 호소했다. 어쩌면 이 청년에게는 그림
자가 그의 강박 증세와 우울감일 수도 있다.

같이 버킷리스트를 적었다.
하고 싶은 것, 좋아하는 것, 갖고 싶은 것, 경험하고 싶은 것을 적
어 내려갔다.

패러글라이딩을 즐기고 싶다.

유럽여행을 하고 싶다.

친구들과 맘껏 놀고 싶다.

미국에서 공부하고 싶다.

의학으로 인류에 공헌하고 싶다.

도서관이나 서점에서 책을 실컷 읽는다 등등.

버킷리스트에는 그의 뜨거운 열정과

또한 이를 하지 못한 아쉬움이 묻어났다.

심리학에서 '북극곰효과'라는 것이 있다.

북극곰을 생각하지 말아야지...

북극곰을 생각하지 말아야지...

북극곰을 생각하지 말아야지... 라고 생각하면

이미 나는 북극곰을 생각하고 있다는 것.

어두움도 마찬가지다.

어두움을 극복하기 위해 힘을 쏟는 순간

오히려 어두움이 커진다는 것.

사실 어두움은 없다.

단지 어두움은 빛의 부재증상이다.

빛에 집중하지 않을 때 알려주는 신호, 증상인 것이다.
그래서 어두움을 다루는 방법은
어두움을 다루지 않고
오히려 빛에 집중하면
빛의 에너지가 더욱 커지면
자연스레 어두움은 약해진다.

라이프워크 수업에서는 빛의 에너지를 크게 하는 방법이
바로 버킷리스트를 적고 하나하나씩 실행하면서 즐기는 것이다.
그렇게 하나 하나씩 즐기면 어느새 자존감, 자신감이 생기고
어느덧 그대의 가슴에 빛의 에너지가 가득할 것이다.

그 청년은 버킷리스트에 적는 것 중에서
이번 주에 즐기고 싶은 것을 정했다.
서점가서 책 마음껏 읽기, 패러글라이딩 경험하기.
그렇게 버킷리스트를 하나, 둘씩 경험하면서 변하는 그의 모습이
기대된다.

재미

그대, 일을 시작하기 전부터 설레는가?
그대가 일을 하고 있을 때 행복을 느끼는가?

자신이 좋아하는 일을 선택한다면
그대는 당연히 그대 일을 즐긴다.

일하는 동안 재밌다.
좋아서 하는 일이라 이런저런 아이디어가 저절로 생긴다.
그래서 더욱 더 잘하게 된다.

어렸을 때 우리들은 막 놀았다.
엄마가 말려도, 하지 말라고 해도,
심지어 거짓말을 해가며 막 놀았다.

라이프워크는 그런 놀이 같은,
좋아하는 일을 찾는 거다.
오예!

질투

질투는 나도 하고 싶었지만 포기한 것을,
내 아이디어라 여기면서도 언젠가 하리라 미루어 두었던 것을,
혹은 포기해버린 것을,

아, 누군가가 버젓이 해냈을 때 느끼는 좌절감이다.

하지만 질투는 착각에서 비롯된다.
그대가 질투를 느꼈던 그 일을
그 사람만이 할 수 있다는 착각 말이다.

하지만 지금 그대가 그 일을 위해 행동하는 순간,
비로소 알게 된다.
나도 할 수 있다는 것을.

그러므로
질투는 그대가 무엇을 원하는 지 알려주고
지금 행동하라는 신호이다.

한 청년이 나에게 조심스레 질문했다.

"기질이 꿈하고 맞지 않으면 어떡해요?"

"무슨 말씀이시죠?"

"저는 소심한 성격인데 꿈은 언론인이어서 활발하게 누군가를 만나고 인터뷰해야 되는데 내 성격과 꿈이 어울리지 않는 것 같아서요."

"무엇을 하고 싶어요? 무엇에 가슴 뛰나요?"

"예. 기자가 되고 싶어요."

"기자가 되고 싶은데 소심한 성격이어서 문제라는 건가요?"

"예. 내 소심한 성격 때문에 꿈을 바꾸어야 하나 싶어서요."

나는 청년의 눈빛을 바라보았다.

"꿈은 자신의 기질과 성격에는 아무런 영향을 받지 않아요. 예를 들면 피카소는 불같은 성질을 갖고 불의를 보면 못 참는 성격을 가졌어요. 그럼에도 불구하고 위대한 화가가 되었지요. 어떻게요? 그러한 성향이 그림으로 표현되었어요. 맞아요. 그런 기질을 가진 화가가 된 거에요."

"아, 그럼 저도 소심한 성격으로 기자를 할 수 있다는 말인가요?"

"물론이지요. 그대가 생각하는 소심한 성격으로 기자의 삶을 살고 있는 사람을 찾으면 돼요. 그를 모델로 삼고 그가 가진 기질로 그의 꿈을 어떻게 이루어내고 있는지 알아내는 것이지요. 분명히 있어요. 그렇게 자신의 방법으로 어떻게든 자신의 길을 간 사람들이 있어요. 그들을 모델 삼아 자신의 꿈을 향해 가는 것이지요. 꿈이라는 것은, 근원으로부터 오는 생명력이에요. 그 생명력이 얼마나 강한지 몰라요. 얼마나 강력한지 몰라요. 그러므로 그 힘은 그대의 성격이나 기질을 넘어서서 나타납니다. 그러니 그대의 꿈을 간절히 붙잡으시길 바랍니다.

하나님의 눈으로 보면 그대에게 그 꿈을 준 것은 어떤 의미와 역할이 있어서 그대에게 온 것입니다. 그리고 하나님이 그대에게 줄 때 그것을 이룰 수 있는 그대만의 힘과 방법도 함께 주었답니다. 그것을 믿고 그 방법을 찾아 어떻게든 그 꿈을 이루어가는 것입니다. 그러니까 기질은 문제가 되지 않습니다. 얼마나 내가 가슴 떨려하느냐, 간절하냐가 중요합니다."

"그대,

　정말 기자에 가슴 떨려 하나요?"

진짜재능

나의 버킷리스트 중의 하나가 바로 홍대에 아틀리에를 구해 그림을 공부하고 그리는 것이었다. 그래서 30대 초반에 홍대 산울림극장 뒤편에 옥탑방을 구하고 미술 선생님을 만나서 그림을 배웠다. 하루에 6~7시간 그림을 그렸는데 정말이지 행복했다. 그런데 도무지 그림 실력은 늘지 않았다.

어느 날은 나에게 정말 재능이 없는 것일까? 이런 저런 실망에 빠져 카페에 앉아 있는데 우연히 옆 사람과 이야기를 하게 되었다. 그녀의 분위기는 분명 화가였다. 그리고 이야기를 나누어 보니 정말이지 홍대에서 학부, 대학원 과정까지 근 10년을 넘게 그림을 그린 사람이었다.

나는 그녀에게 그림을 그리는데 늘지 않은 나의 재능에 대해 하소연을 하였다. 그러자 그녀가 물었다.

"정말 그리는 것을 좋아해요?"
"예. 좋아해요."

다시금 물어본다.

"정말 그리는 것을 좋아해요?"

다시 그렇다고 대답하면서 왜 자꾸 똑같은 질문을 하냐고 물어보았다. 그녀가 대답했다. 정말 좋아하는 것이 진짜 재능이라고. 무언가를 정말 잘하려면 그것을 좋아하느냐, 좋아하지 않느냐에 따라 판가름이 난다고 말한다. 그림 그리는 기술은 어느 정도의 시간과 노력이 쌓이면 똑같아진다고 한다. 그리고 보통 사람들은 그 기술을 짧은 기간에 갖게 되는 것을 재능이라고 말하는데 그것은 잘못된 생각이라고 한다. 각각 그 기술에 도달하는 속도만 다를 뿐이지 노력만 하면 그림 그리는 기술은 모두 가질 수 있다고 한다. 그러므로 그림 그리는 능력은 재능이라고 할 수 없단다.
오히려 그리기를 좋아하는 것이 재능이라는 것이다. 왜냐하면 그림의 대가가 되기까지 10년쯤 걸리고, 그 기간 동안 보통 서너 번의 슬럼프에 빠지는데 그 슬럼프를 이겨낼 수 있는 것은 바로 그림을 얼마만큼 좋아하느냐에 달려 있다는 것이다. 또한 정말로 그림을 좋아하는 사람이야말로 다양한 창조성을 드러낼 수 있다는 것이다.

그러므로 나에게 진정 그림을 좋아한다면,
조바심 내지 말고 마음을 넉넉하게 먹고 그냥 꾸준히 하면 된다고
알려주었다.

〈자화상〉, 임영복 2009

어려움

"학생이 플로리스트가 되고 싶어 해요. 하지만 플로리스트는 꽃을 좋아하고 가꾸는 것 말고도 꽃을 가져와야 되고, 배달하고, 또 여러 보이지 않은 힘든 부분들이 많잖아요. 그런데 그냥 무작정 지지해주어야 되나요?"

한 선생님이 질문했다.

"그러므로 꿈이 정해졌다면 우리는 그 현장을 경험시켜야 합니다. 꿈을 이룬 사람을 만나게 하고, 꿈을 이룬 장소를 방문하게 합니다. 그래서 그 현장, 생각조차 하지 않았던, 힘든 뒷모습을 경험해야지요. 그러면 그 힘든 경험과 환경은 다시금 우리 자신에게 묻습니다. '정말 이 일을 하고 싶어요? 정말 아직도 가슴 뛰어요?' 그 힘듦과 어려움을 극복할 만큼 가슴 뛰는 일인지 물어보는 거지요. 이때 우리는 알게 됩니다. 설령 그 힘듦을 보고 '아니다'라고 생각되어도 괜찮습니다. 왜냐하면 그렇게 찾아가는 것이기 때문입니다. 한 번에 찾아가면 아주 운이 좋지요. 하지만 우리는 평생 동안 자신의 꿈을 제대로 드러낼 일과 장소를 계속 찾아가는 것입니다."

가슴신호등

"가슴신호등이 뭐에요?"
한 청년이 물어본다.

"우리가 첫째 시간에 내가 좋아하는 것, 하고 싶은 것, 갖고 싶은 것
들을 적었죠. 그때 기분 좋았죠? 또 매주마다 하고 싶은 것을 직접
경험할 때도 신이 났죠? 또 두 번째 시간에 썼던 내가 행복할 때가
언제인지를 적고 나눌 때 또 신이 났지요. 그리고 직접 행복한 순
간을 경험할 때도 역시 너무 좋았죠?
예. 이때 가슴신호등에 불이 들어오는 거에요. 내가 좋아하고 행복
한 것을 할 때 느끼는 감정이 행복하다고 알려주는 것이 바로 가
슴신호등입니다. 지금 이렇게 그대와 대화할 때 내 심장이 따뜻해
요. 라이프워크에 대해 이야기하고 안내해줄 때 저는 행복하답니
다. 저의 가슴신호등에 불이 따뜻하게 들어온 것이지요."

그녀는 가슴신호등이 어떻게 느껴지지 하며 고개를 갸우뚱거리곤 다시금 쳐다본다.

"그냥 느껴 봐요.
내 감각을 심장으로 집중하고 느껴 봐요.
호흡도 느끼면서 살며시 눈을 감고 심장을 느껴 봐요.
심장의 뜨거움, 따뜻함을 느껴 봐요.
심장의 두근거림을 느껴 봐요.
심장이 나에게 무엇을 좋아하는지,
행복할 때가 언제인지 알려주고 있습니다.
가슴신호등은 지식이 아니라 느끼는 것입니다. 그리고 그대가 무언가를 선택하고 결정해야 할 때 이성적으로 생각만으로 결정하지 말고 잠시 눈을 감고 심장을 느껴봅니다.
얼마나 심장이 뜨거운지, 얼마나 심장이 두근거리는지
그대에게 가슴신호등이 알려준답니다."

떨림

"몸의 떨림이 멈추지 않아요!"
라이프워크 수업을 마치고 나서 한 청년이 말한다.

오늘 수업은 '내가 좋아하는 것'과 '행복할 때'와 '가슴 뛰는 동사들'
로 가슴신호등을 만든 후에, 가슴신호등에 가장 매력적이고 가슴 뛰
는 신호를 찾아 실행할 것들을 나누었다.

그렇다. 진동이다.
떨림이다.
정말이지 가슴 뛰는 일, 신호를 만나면 그렇게 전율이 온다.
가슴이, 아니 온 몸이 떨린다.
그녀는 온 몸이 사시나무 떨듯이 떨고 있다. 이번 주 그녀에게 온 신
호는... 그녀가 첫 눈에 반한 사람이다.

"어떡하죠?"

"만나야죠."

이 얼마나 순수한 떨림인가.

그녀는 용기 내어 이번 주 그를 만나기로 했다.

우리의 몸은 이미 알고 있다.

우리의 가슴신호등은 이렇게 알려주고 있다.

떨림으로,

진동으로.

그대,

그대의 가슴 떨림은 무엇인가?

신호

누군가에게는 큰 그림으로 신호가 오고,

누군가에게는 닮고 싶은 사람으로 신호가 온다.

또는 가슴 뛰는 단어 혹은 문장으로 신호가 온다.

그 신호가 온 만큼 가면 된다.

그 신호가 이끄는 만큼 가면 된다.

그러다보면 이어지는 다른 신호가 오기 때문이다.

그 신호를 충분히 경험하지 못하면

어떻게든 그 신호는 여러 모습으로 반복된다.

한 청년이 그의 버킷리스트에

외국에서 정치에 대해 공부하고 싶다고 썼다.

또 한번 미친 듯 공부하고 싶다고 했다.

드디어 올해 파리에 있는 정치학교에서 1년간 공부한다고 한다.

하지만 그 공부를 하고 나서 이후 무엇을 해야 될지 모르겠다고 하
소연을 한다.

드디어 원했던 아침상을 받았는데 맛있게 먹어야지,

왜 벌써 점심 걱정을 하냐고!

이미 그대가 원했던 외국에서 정치 공부하는 것이

이렇게 선물로 다가왔는데...

이것부터 충분히 누리라고 했더니

하!하!하! 맞다며 웃는다.

맞아요. 그렇게나 원했던 블랙퍼스트인데.

우선 실컷 누릴게요. 한다.

오예!

충분히 그 신호를 따라가면 그 다음 신호는 그때 또 온다.

거거거중지(去去去中知)

가고 가고 가는 중에 알게 된다.

두려움

새로운 일을 시작하기 전,
두려움이 생기지 않는다면
그 일은 나에게 보잘것없는 일이라는 뜻이다.

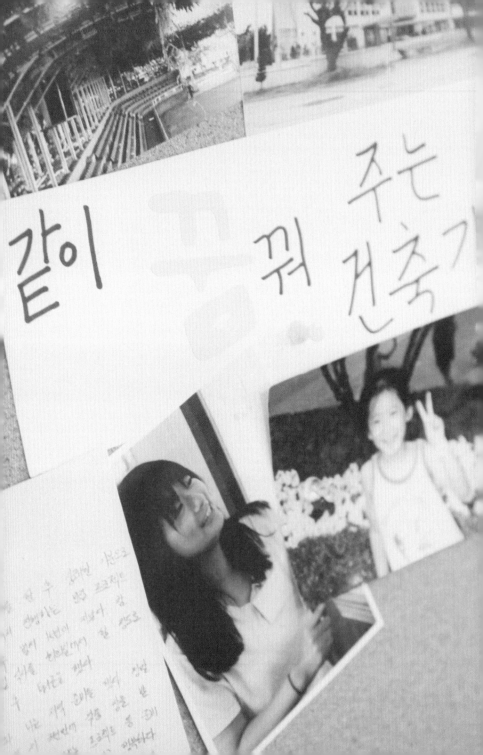

신호를 찾아가는 8단계

1. 가슴신호등이 깜빡깜빡 켜지는 것을 느낀다.

2. 신호를 글로 구체적으로 표현한다.

3. 이미 신호대로 살아가는 전문가나 멘토를 찾는다.

4. 또한 그 신호가 이루어진 곳을 찾는다.

5. 그 글을 시각화한다. 사진이나 그림으로 이미지화한다.

6. 그 멘토나 전문가에게서 배운다.

7. 될 때까지 한다.

8. 충분히 경험하면 다음 신호가 찾아온다.

* 3, 4, 5번은 그 순서가 바뀌어도 되고 동시에 진행되기도 한다.

환대
반갑게 맞아 정성껏 후하게 대접함

그대에게 어떤 신호가 왔을 때,
어떻게 맞이하는가?
두려움이나 의심으로 맞이하는가?
아니면 걱정으로 맞이하는가?

그대에게 오는 신호는
그대를 더욱더 그대답게 만들어줄 것이다.

그러니 환대하라.
반갑게 맞이하고 정성껏 후하게 대접하라.
그대가 환대하는 만큼 누리게 될 것이다.

이해

한 청년이 찾아왔다. 그녀는 청소년 시기에 피아니스트가 되고 싶어서 학원도 다녔다. 하지만 어느 무대에서 실수한 후에는 두려워서 더 이상 무대에 설 수 없었다. 이후 플로리스트가 되고 싶었다. 그러나 아버지의 반대로 어쩔 수 없이 기독교 교육을 전공하고 지금은 교회 지도자가 되었다고 한다. 그래서 자신의 꿈을 생각하면 후회가 되고 무기력한 자신에 대해 낙심했다.

라이프워크 네 번째 수업은 다중지능검사이다. 다중지능검사를 통해서 자신의 타고난 재능이 무엇인지 찾아가는 작업이다. 이 작업을 통해 그녀는 자신이 음악지능, 자연친화지능, 자아성찰지능이 뛰어나다는 것을 알게 되었다.

더 나아가 음악지능에서 피아니스트를, 자연친화지능에서 플로리스트를, 자아성찰지능에서 교회 지도자가 되고자 했구나!를 알아차리게 되었다. 그리고 무엇보다도 그동안 자신이 아버지의 반대로 어쩔 수 없이 선택한 교회 지도자의 삶이 자신이 원했던 삶이었다는 것을 알게 되었다. 또 교회에서 찬송가 반주로 피아니스트의 꿈을, 교회에서 제단 꽃꽂이를 통해 플로리스트의 꿈을 함께 누리고 있다는 사실은 스스로를 감동하게 만들었다. 즉 그녀는 자신이 원했던 삶을 지금 모두 누리고 있다는 것을 알아차린 것이다. 난 이럴 때 짜릿하다. 결국 지금의 모습은 과거의 우리가 꿈꾸었던 모습이었고, 지금 이루어져서 자신이 누리고 있다는 것을 알아차릴 때, 내가 원했던 꿈은 어떻게든 누리고 있다는 사실을 알아차릴 때, 전율이 온다. 그러므로 그 알아차림이 '지금은 선물이고 감사'라는 알아차림으로 이어진다.

사실 그럴 수밖에 없는 이유가 있다.
봄, 여름, 가을, 겨울로 이끄는 하나님의 큰 흐름이 있듯이,
우리도 그 흐름 속에 있기 때문이다.
또 꽃이 피어나고 열매를 맺을 때 애쓰지 않아도 되는 것처럼
우리의 꿈이 자연스레 피어나고 이루어지기 때문이다.

우리는 알아차릴 뿐이다.

서점방문

그대의 꿈이 결정되었다면,
그대의 라이프워크가 결정되었다면,

이제 서점에 가라.
아니면 도서관으로 가라.

그곳에서 그대의 꿈의 모델이나 라이프워크 모델을 찾아야 한다.
라이프워크 8번째 수업은 바로 서점을 방문하는 거다.
그곳에서 자신의 모델을 찾는 거다.

서점에서 2시간 정도 놀고 나면
다들 신기하게도 한두 권의 책을 발견하면서 말한다.
"우와. 내가 하고픈 것을 이렇게 먼저 한 사람이 있네요."

그대의 라이프워크가 결정되었다면,

구체적으로 어떻게 이루어가야 할지 모르겠다면,

라이프워크 모델을 찾고 싶다면,

우선 서점이나 도서관에 가라.

분명 그대보다 먼저 그 삶을 살아간 발자취가 책으로 남겨져 있을
것이다. 그러므로 찾고 찾길 바란다.

오예!

라이프워크 기둥세우기

그녀는 자꾸 라이프워크가 흔들린다고 한다.
특히 부모님께서 말씀하실 때 더욱 흔들린다고 한다.

"그 라이프워크에 대한 기둥이 몇 개나 되요?"
"기둥요?"
"예. 책상 같은 경우, 다리가 4개니까 웬만한 충격에도 흔들리지 않
잖아요? 그런데 1개밖에 없으면 조그마한 외부 자극에도 휘청 휘
청거리죠. 그대의 라이프워크를 지지하고 지탱해주는 기둥이 몇
개인지 궁금해요."
"음. 아직 하나도 없어요. 그냥 이 라이프워크가 좋을 뿐이에요."
"오예, 좋은 느낌이 있다는 것은 아주 좋아요. 그러면 이제는 그 기
분 좋음을 유지할 수 있는 기둥을 세우면 되는군요. 적어도 4개쯤
만듭니다. 그래야 쉽게 흔들리지 않죠."

"어떻게 기둥을 세우죠?"

"라이프워크대로 살아가는 모델 3명을 찾아내면 돼요. 그래서 그들
이 어떻게 이루어냈는지도 조사해요."

"그럼 저도 저의 라이프워크 모델을 찾아야겠네요."

"예, 찾아서 그들이 어떻게 이루어냈는지 알아냅니다. 그래서 4가지
정도의 방법을 찾고 그대의 생활 속에서 그 방법들을 실천해요. 그
러면 아무리 태풍이 와도 굳건히 견디어낼 수 있답니다."

그대, 가슴 뛰는 라이프워크가 있는가?

자꾸 흔들리는가? 기둥이 부족한 거다.

이제 가슴 뛰는 라이프워크를 지지할 기둥 4개를 세워라.

만나야 한다

한 청년이 자신의 라이프워크를 음악치료사로 정했다.

그 다음에 어떻게 할까?

만나야지. 음악치료사를 만나야지.

음악치료사로 일하는 사람을 만나거나 음악치료를 하는 상담센터
를 방문하거나...

그런데 지지부진이다. 1주일 동안, 음악치료사로 활동하는 사람을
그에게 소개하고 라이프워크가 이루어진 장소를 3곳을 찾아냈다.
이제 만나고 방문하면 된다. 그런데... 도대체... 만날 생각이 없다. 바
쁘단다. 그래서 선언했다.

그대가 음악치료사를 만나지 않고, 라이프워크가 이루어진 장소를
방문하지 않는다면 난 더 이상 진행할 수 없다고.

많은 사람들이 꿈이 정해졌다고 하지만 더 이상 진보가 없다면
그는 분명 자기 생각 속에만 갇혀 있는 거다.

분명한 꿈이 있다면

꿈을 이룬 사람, 꿈을 이루어가는 사람을 만나고 꿈이 이루어진 곳을 방문해야 한다.

방문하면 안다. 만나면 안다. 내 생각을 뛰어넘은, 내 한계를 뛰어넘은 길이 있다는 것을...

라이프워크가 '제3세계를 위한 기획자'인 청년이 있었다.

그녀는 제3세계 볼리비아 아이들을 위한 기획을 꿈꿨다.

어떻게 해야 할까? 그녀는 제3세계를 위한 기획 활동을 하고 있는 사람을 만났다. 국제기구에서 일하는 사람을 만났다.

그녀는 덴마크의 교육전문가를 만났다.

비영리기구 활동가를 만났다.

아시아태평양경제사회위원회 동북아지역사무소 부대표를 만났다.

학과 교수님을 만나 면담을 했다.

덴마크의 제3세계 기획자를 위한 학교를 방문했다.

그녀는 그렇게 찾아가고 만났다.

어떻게 되었을까? 지금 그녀는 제3세계에서 기획하는 일을 하는 회사에서 인턴으로 일하고 있다. 또 앞으로 6개월 정도는 그녀의 라이프워크대로 현지에 파견될 예정이다.

둘 다 구체적인 라이프워크를 찾았다. 하지만 그 이후 직접 만나고 방문한 사람은 지금 그 길을 걷고 있다.

하지만 그 반대편의 사람은 아직도 방황하고 있다.

라이프워크를 결정하고 라이프워크의 모델을 만난 사람은 길이 열린다.

어떻게? 딱히 설명할 수 없다.

왜냐하면 라이프워크를 이룬 사람은 우리의 생각을 뛰어넘기 때문에 어떻게든 길이 나기 때문이다.

그대, 라이프워크가 결정됐다면 라이프워크를 이룬 사람을 만나라.

라이프워크가 이루어진 곳을 방문하라.

라이프워크 모델 만나기
라이프워크 수업에서는 라이프워크 모델을 만나고 함께 찍은 사진들을 발표한다.

보이는 곳까지만 가자

한 청년이 와서 자신의 라이프워크를 찾다. 하지만 그의 경험치는 너무나도 적어서 스스로 무엇을 결정하기에는 아쉬웠다. 그래서 그 청년과 결론짓기를, 올해 1년은 여러 가지 가능성을 경험하는 한해를 갖자고 했다. 마치 덴마크에서 1년의 애프터스쿨을 갖는 것처럼 말이다. 덴마크에서는 자기가 원한다면 1년 동안 자기 꿈을 찾아가는 과정을 가질 수 있다. 그렇게 1년 동안 가능성을 실험하기로 하고 첫 시작을 '의상 코디네이터'부터 경험하기로 했다.

한 달이 지나고 나서 다시금 찾아왔다. 그는 아직 그 의상 코디네이터에 대해서는 경험조차 하지 않았다. 그러면서 의상 코디네이터로는 일생을 걸고 싶지 않다고 말한다. 그럼, 뭔가 새로운 것을 발견했냐고 물었다. 아니다. 지금 무엇을 해야 될지 모르겠다고 말했다. 그래서 다시금 물었다. 지금 대학교에서 공부하는 학과가 마음에 드나, 재미있냐? 아니다. 정말 죽도록 싫다.

그럼, 그대가 찾은 의상 코디네이터는 어떤가?

재미있을 것 같다. 하지만 의상 코디네이터로 일생을 걸어야 할지,
아닐지 잘 모르겠다.

다시금 물었다.

지금 의상 코디네이터 말고 다른 가슴 뛰는 일은 있는가? 없다.

그러면 보이는 곳만큼만 가자.

지금 의상 코디네이터에 가슴 뛰니까..

거기까지만 경험해보자.

이것에 일생을 걸 것인지, 아니면 단순히 취미 차원인지...

경험해보면 알 것이다.

그래서 우선 의상 코디네이터 3개월 과정을 등록했다.

그리고 그 의상 코디네이터 3개월 과정을 경험하고 나서

다시 오라고 했다.

라이프워크를 거창하게 생각하지 마라.

인생을 걸만한 것이라고 너무 큰 것을 찾지 마라.

그것은 어느 순간 저절로 그렇게 되는 거다.

잘 모르겠으면 그냥 지금 자신이 좋아하는 것,
지금 가슴 뛰는 것, 보이는 만큼 해보자.
가슴 뛰는 것만큼만 가보면 안다.

그리고 그 후에 어떤 길이 열릴지는 모른다.
하지만 그 가슴 뛰는 것만큼을 경험하지 않으면 그 다음은 모른다.

의상 코디네이터에 올인 하게 될지,
의상 코디네이터에서 갑자기 다른 멋진 일을 발견하게 될지...
그것은 경험해야지만 열리는 길이다.

가장 큰 문제는

그대가 지금 이 모험을 진정으로 원한다고

말할 수 있는가 하는 것이야.

장애물

나를 막고 있는 것은
내 생각뿐이다.

좋아하는 일을
해야 하는 이유

자신이 좋아하는 일을 하라고요?
그래도 사회에서 인정받는 일이나 전망이 있는 일을 선택해야 되
지 않나요?

좋아하는 일을 합니다.
좋아하는 일을 하면 성공하고 그 분야의 전문가가 될 확률이 높습
니다. 왜냐하면 우리가 선택한 모든 일은 그 분야에서 전문가가 되
기까지 적어도 10년이 걸리고 3-4번의 깊은 슬럼프를 경험합니다.
아무리 안정된 직장이라 하더라도 그렇습니다.

결국 전문가가 된다는 것은
그 슬럼프를 어떻게 견뎌내느냐가
가장 중요한 문제이지요.

그런데 자신이 좋아하는 일을 선택한 사람은
바닥에, 바닥에 떨어져도 그 일을 다시 시작할 수 있습니다.

왜요? 그 일이 좋으니까요. 힘들어도 참을 수 있어요. 견뎌낼 수 있어요. 반면에 안정되거나 인정받은 일을 선택한 사람은 슬럼프를 견뎌내기가 훨씬 어렵습니다. 그 시기에 안정이 보장되지 않고, 주위 사람에게 인정받지 못하기에 의미를 못 찾고 견뎌내기 힘들지요.

그러므로 슬럼프를 견뎌낼 수 있는 사람은
바로 자신이 좋아하는 일을 선택한 사람입니다.
다른 사람의 안정을 선택한 사람보다도,
다른 사람의 인정을 선택한 사람보다도
바로 자신의 분야에서 꽃을 피울 확률이 높지요.

다만 마냥 자신이 좋아하는 것을 해서는 안 돼요.
지혜롭게 해야 돼요.
내가 좋아하는 것으로 성공한 모델들을 찾고 그분들에게 배워야 돼요. 그분들이 성공한 사례 가운데 나에게 맞는 것을 찾아 나에게 적용해야 돼요. 나는 일상 속에서 내가 좋아하는 일로 전문가가 된 그

들의 방법으로 1만 시간, 10년을 보내야 합니다. 그래야 그 분야에
서 비로소 꽃을 피웁니다.

1만 시간, 10년이 부담 된다고요? 걱정마요.
그대가 정말로 좋아하고 가슴 뛰는 일을 찾게 되면
그 일을 할 때 행복하고 몰입하게 되어
그 시간이 정말이지 짧게 느껴질 거예요.
예. 그리고 '포스'가 아닌 '파워'가 나와
그대는 훨씬 더 열정적으로 변합니다.

그러므로 그대가 가장 좋아하는 일,
가장 가슴 뛰는 일,
가장 가치 있는 일,
그대의 일생의 테마, 라이프워크를 찾으세요.
그리고 두려움 없이 그 일을 하세요.
오예!

내가 결정한다

북아메리카 인디언에게는 '비전캐스트'라는 여행이 있다. 20살이 되면 혼자 숲속으로 들어가 일주일 동안 아무것도 안 먹으면서 자신의 꿈과 미래에 대해 고민한다. 내가 무엇을 좋아하는지, 내가 행복할 때가 언제인지, 나의 열정이 무엇인지, 내가 잘하는 것이 무엇인지 생각한다. 마침내 자신의 꿈을 결정하면 마을로 돌아와 가족들과 마을 친구들 앞에서 자신의 꿈을 발표한다. 그러면 그를 정식으로 성인으로 인정한다.

민석은 중학교 3학년이다. 여름방학을 맞이하여 나를 찾아왔다.
함께 자신의 꿈에 대해 고민했다.
함께 1주일 동안 무엇을 좋아하는지,
무엇을 할 때 행복한지,
그리고 무엇을 잘하는지,

그렇게 묻고 찾고 자신의 꿈을 찾아갔다.
그리고 두 가지의 행복한 추억을 기억해냈다.

첫째는 중학교 1학년 때의 담임선생님에 대한 기억이다.
선생님이 자신의 이야기를 잘 들어주고 또한 여러 고민들에 대해 상담해주던 모습에 자신도 이러한 선생님이 되고 싶다는 생각을 했다.

둘째는 초등학교 3학년 때의 놀이치료 상담에 대한 경험이다. 그때, 자신은 소극적이고 조용한 아이었는데 놀이치료 상담을 받고 나서 적극적이고 밝아지는 경험을 했다는 것이다. 그래서 자신도 이렇게 놀이치료 상담을 통해서 아이들을 돕고 싶어 했다.

결국 두 가지의 행복한 추억의 공통분모는 상담을 통해 돕고 싶다는 것이었다.

혼자 1주일 동안 여행을 다녀왔다.
다녀온 그는 자신의 꿈을 결정했다.
바로 '놀이치료 상담가'가 되기로 했다.
무엇보다도 이만한 꿈이면 일생을 걸고 싶다는 고백을 했다.
그리고 이제 함께 10년간의 꿈의 로드맵을 세웠다.

'심리학과 ⇒ 대학원 놀이치료 전공 ⇒ 놀이치료센터 운영'

이렇게 칠판에다 꿈의 로드맵을 그릴 때 그는 흥분하고 가슴 떨려
했다. 일생을 살면서 이렇게 가슴 떨려하며 행복해하는 꿈을 만난
다는 것은 기적이다.

그리고 자신의 꿈을 갖게 해주셨던 놀이치료 상담선생님을 찾아뵙
기로 했다. 선생님 덕분에 이렇게 꿈을 꾸게 되었다고 고마움의 인
사를 드리고 또한 놀이치료에 관한 여러 책들도 추천받고, 학교도
추천받기로 했다. 꿈은 꿈을 이룬 사람과 만남으로써 더욱 구체화
되고 살아난다.

통보

사랑하는 두 젊은이가 있다.

이들은 서로를 너무나도 사랑했다.

자꾸자꾸 보고 싶어 떨어져 있는 시간이 너무나도 아까웠다.

결혼해야지.

남자의 부모님은 찬성했으나 여자의 부모님의 반대는 심했다.

"너는 나이가 어리니 나중에 결혼해라."

또 남자의 직장이 안정될 때까지 약 2년 후에 결혼하라는 거다.

두 젊은이는 스승을 만나 고민을 이야기했다.

스승이 말했다. "허락받지 말고 통보해라."

그래서 여자는 남자에게 프러포즈를 했다. 남자가 프러포즈를 해야

한다는 상식을 내던지고,

결혼은 가문간에 조율해야 한다는 생각도 내던지고,

부모님께 두 달 후 결혼한다고 통보한다.

여자의 부모님은 난리가 났다.

미쳤다고 욕도 하고 무시하고 안 들은 척했지만 두 젊은이는 결혼
을 준비하기 시작했다.

엄청난 양심의 가책을 느끼면서, 모아놓은 재산도 없었지만

그냥 결혼식 날짜에 맞추어 결혼했다.

그리고 5년이 지난 지금

아주 아주 아주 행복하게 잘 살고 있다.

남자의 부모님과 여자의 부모님께 잔뜩 사랑을 받으면서 말이다.

정말로 원하는 것이 있다면 뒷일은 생각하지 않고

그 누구에게도 허락받지 않고 그냥 통보하고 하면 된다.

라이프워크의 마지막 수업은

바로 자신의 라이프워크를 발표하는 것이다.

자신의 친한 친구와 부모님 앞에

'나 이렇게 산다'라고 선포하는 시간이다.

그 가슴 떨린 선포가 그를 이끌어간다.

라이프워크 전람회

라이프워크란
지금 내가 가슴 뛰는 것이 무엇인지,
지금 내가 소중히 여기는 가치가 무엇인지,
알아차리는 것이다.

그리고
가슴 뛰는 것을,
소중히 여기는 가치를
지금 하는 것이다.

어떻게?
이미 그렇게 살고 있는 사람을 만나고
이미 그런 가치를 실현하는 장소를 발견해서

가슴 뛰는 그림,
비전을 그리는 것이다.

문장이
글이 되고,
글에 이미지를 붙여
더욱 더 구체화시킨다.

더 나아가
그 그림에 시간과 숫자를 붙여
더욱 생명력 있게 만든다.

이제 나의 소중한 벗들에게 선포한다.
나, 이렇게 살겠노라고,
이 가치를 실현하기 위해
이 비전을 완성하기 위해
친구들의 응원을 받고
그렇게 시작하는 거다. 오예!

그대라는 꽃은 피어납니다.

지난주에 라이프워크를 결정한 청년이 있다.

그는 '살리며 떠나는 행복전문가'라는 라이프워크로,

청소년과 함께 여행을 떠나며 그들의 영혼을 살리고 행복을 가르쳐

주는 전문가를 꿈꿨다. 얼마나 가슴 설레는지. 누군가와 자신의 라

이프워크를 나누고 싶어서 교수님을 찾아가 이야기를 나눴다.

하지만 교수님의 평가는 달랐다. 현실성이 없다. 오히려 음식을 배

워서 소통을 해봐라... 등등 교수님과 이야기를 나누고 그는 오히려

절망에 빠져 한 주간을 헤맸다고 한다. 그러면서 다시금 스스로에

게 물어봤다고 한다.

진짜로 '살리며 떠나는 행복전문가를 원하는가'라고.

어김없이 자신의 대답은 '예스!'였다고 한다.

나는 누군가의 라이프워크를 찾아주거나 꿈을 안내할 때 스스로에

게 다짐하는 말이 있다. 나의 경험과 이해를 벗어나더라도 그의 씨앗이 피어나는 것을 막지 말자. 행여나 내가 그의 꿈의 새싹이 자라는 데 다치게 하지 않도록 주의하자. 나의 한갓 짧은 잣대로 말이다.

하나님께서 그에게 그러한 소망과 꿈, 라이프워크를 주실 때는 분명 이유가 있다. 그리고 그가 그의 시기에 이루어낼 수 있고, 아니면 세례요한처럼 누군가가 이루어낼 수 있도록 준비하고 거름이 되는 역할을 할 수 있는 거다. 이루어진다는 것은 나의 영역이 아니라 그분의 영역일 뿐이다. 그러므로 우리는 우리에게 오는 신호를 따라 갈 뿐이다.

어느 책에선가 읽었던 이야기다.
시골에 사는 초등학교 담임선생님이 주인공의 꿈을 무시하곤 했다. 하지만 결국 주인공은 꿈을 이루어서 그 담임선생님께 찾아가 인사할 때 그 담임선생님은 미안하다고 사과하는 장면이 있었다. 나는 결코 그 담임선생님이 되지 말자고 다짐했다. 나는 그 청년이 어떻게 싹이 나고 피어날지 기대하고 응원한다.

무엇을 담을 것인가

어느 날 그가 말했다.
이 땅의 아픔과 부조리에 대해서
그리고 대한민국을 살리기 위해서 직접 나서볼까 한다고
그래서 정치를 해야겠다고 했다.
그가 그 마음을 품고
차근차근 준비하고
조직을 만들어갔다.

나는 그 순간을 기억한다.
어쩌면 평범하고 조용하던 그가
그때 무척 낯설게 느껴졌고
마치 그에게 위대한 정신이 깃들어서
그가 마치 새로 태어나는 느낌이 든 것이다.

일생을 살면서
어떤 마음을 품을 것인가?

몸은 그릇이다.
이 그릇에
어떤 생각을
어떤 마음을
어떤 꿈을
어떤 라이프워크를
어떤 사랑을
어떤 마음을
어떤 가치를 담느냐에 따라
달라진다.

결국 그의 외모나 재산, 직업보다도
그가 어떤 마음을 품느냐가
그 사람에 대해 설레게 만든다.

변화

이윽고 노랑 애벌레는 나비가 되기 위해
모험을 하기로 작정했다.

그녀는 자신의 실을 뽑기 시작했다.
"생각건대, 내가 이런 일을 해낼 수 있으리라고는
꿈에도 생각 못한 일이야.
제대로 되어 가는 것 같으니까 용기도 생기는군.
내 몸 속에 고치를 만들 수 있는 재료가 있는 것을 보면,
또한 나비로 변신할 수 있는 자질도 있을 게 분명해."

- 「꽃들에게 희망을」 트리나 폴러스

season 3

—

여
름

여름은 성장통이다.

스승을 만나고
꿈의 모델을 만나서
성장하고 확장된다.

성장하는 만큼,
자신의 껍질이 벗겨지고 틀이 깨진다.

여름은 성장한다.
성장한 만큼 아프다.

춤에 미치다

그녀의 라이프워크는 춤이다.
20대를 춤에 한번 걸어보겠다고 했다.

그래서 고향 제주에서 서울로 올라갔다.
고시원에 자리 잡고
탱고 선생님을 구하러 다니다가 드디어 만났다.

그리고 그녀의 열정에 감동한 스승은
그녀가 스텝으로 일하고 춤을 배우게 한다.
1주일에 2번씩 스승을 만나 춤을 배운다.
또 다른 춤출 프로젝트를 찾았다.
찾고 찾으면 보이는 법이다.
단기 무용수 체험 후, 이번에는 직접 무대에 오른다.

1주일 내내 춤 연습하느라고 바쁘단다.

춤에 올인 하기로 한 뒤,

불과 2개월도 안 지났는데

이렇게 정말 춤에 미쳐 지내고 있다.

그대, 진정 하고픈 것을 발견했다면

그냥 3개월만 미쳐봐라.

전혀 다른 삶을 경험하게 될 테니까.

스승

어린 거미는 우선 줄을 바람에 날렸다. 드디어 바람이 불어 줄을 건 너편 나뭇가지에 붙여주자, 어린 거미는 본격적으로 그물을 짜기 시작했다. 그러나 처음 짜보는 것이라 어린 거미의 그물은 한쪽으로 치우쳤고 너무 엉성했다. 이때 솔가지 위에 나와 있던 왕거미가 어린 거미를 불렀다.

"꼬마야, 네 그물이 잘 짜였다고 생각하느냐?"
"아, 아닙니다. 하지만 저기 저 아카시아 나무에 쳐 놓은 가시거미보 다는 낫다고 생각하는데요."
"그럼 참나무 가지에 쳐 놓은 저 그물하고는?"
"저건 무당거미가 짠 것이 아닌가요? 무당거미는 최고의 그물을 짜 는 선수인 걸요."

왕거미가 어린 거미 가까이로 훌쩍 건너왔다.

"꼬마야, 기왕 그물을 짤 바에야 최고의 그물을 짜야지. 어중간히 일
을 했다가는 굶어 죽기 십상이란다."

어린 거미가 대꾸했다.

"사람들 사이에 뱁새가 황새걸음 따라가려고 하다가 다리 찢어진다
는 속담이 있지 않던가요?"

"예끼, 이 놈!"
왕거미가 소리를 질렀다.

"그 말은 형편을 비유한 것이지, 능력을 비유한 것이 아니다.
최고의 기술이란 탁월한 장인과 살아감으로써 가능한 것이다."

어린 거미가 머리를 긁적이며 말했다.

"그러면 우선 가시거미한테서 쉬운 것을 익혀서 쓰도록 한 다음에,
나중에 무당거미를 찾아가 최고의 기술을 익히면 어떨까요?"

왕거미는 단호히 잘랐다.

"아니다. 어설픈 것은 아예 배우지 않음만도 못하다. 후일 그 때를 빼는 데도 배운 것보다 시간이 더 걸린다. 최고의 거미는 최고의 그물을 짬으로써 되는 것이다."

어린 거미는 무당거미를 찾아 묵묵히 길을 떠났다.

- 「참 맑고 좋은 생각」 정채봉

다음 신호

5년간 춤을 추었다.

중학교 2학년 때부터 추었다고 한다.

근데 지금 어떻게 해야 될지 모르겠다고 했다.

"그대는 신호에 따라 잘 왔어요.

그리고 무척 용감한 사람이에요.

중2 어린 나이에 그렇게 두려움 없이 그 신호를 따라 왔잖아요.

그대는 최선을 다해서 살았어요."

청년은 왈칵 울음을 쏟아낸다.

"그런데 이렇게 춤만 추면 되나요?

주위에는 하나 둘씩 취업 준비해야 된다고들 하는데...

저 혼자 이렇게 춤만 추어도 되나요?"

"어때요? 아직도 춤추는 것이 좋아요?"

"예, 춤이 제일 좋아요. 춤출 때 가장 행복해요."

"좋아요. 그대는 그대에게 온 신호를 잘 따라왔어요.

이제 그 신호를 확장시키는 방법을 알려드릴게요.

멘토를 찾아요. 그대의 춤을 더욱 성장시켜줄 스승을 찾아가

만나세요. 그 스승이 그대의 다음 신호를 보여줄 거예요.

두려워하지 마세요.

이미 그대는 그대의 신호에 따라 신나게 몰입한 경험이 있으니,

또 5년 동안 행복하게 한 경험이 있으니

그대에게 분명히 또 다른 신호가 나타날 거예요.

어때요? 그대에게 춤의 스승이나 멘토가 있나요?"

"예. 생각나는 사람이 두 분 정도 있어요."

"오예. 그 분들을 찾아가 만나요.

그리고 그대의 모든 궁금함을 다 물어봐요.

그러면 그분들은 그대에게 다음 신호를 알려줄 거예요."

"예."

충고와 조언

한 청년이 물었다.

"가족 상담을 하고 싶습니다. 그런데 전문대를 가야할지, 아니면 4
년제 대학교를 들어가야 할지 고민입니다. 주위의 친구와 아는 사
람들이 4년제 대학교를 가야한다고 합니다. 그러나 상담사가 어차
피 자격증이 중요하므로 전문대를 가도 괜찮을 것 같습니다. 어떻
게 하면 좋을까요?"

나는 물었다.

"가족 상담을 전공하고 싶다고 했는데. 가족 상담에 대한 멘토 또는
모델이 있는지요?"
"아닙니다. 아직 없습니다."

나는 다시 이어서 말을 했다.

"충고와 조언에 대한 이야기를 하지요. 우리는 충고와 조언을 주위 사람과 친구들에게 많이 받지요. 하지만 꿈이 정해지고 그대의 라이프워크가 정해졌다면 주위의 사람과 친구들에게 충고나 조언을 받아서는 안 됩니다. 충고와 조언은 바로 그 꿈을 이룬 사람이나 그 꿈의 전문가에게 받아야 합니다. 왜냐하면 그 꿈에 대해 10년 이상을 공부하고 숱한 경험이 있기에 그 분야에서의 여러 시행착오를 잘 알기 때문입니다. 또한 그대의 시기에 무엇을 준비해야 될지 누구보다도 잘 압니다. 그러므로 그대는 먼저 가족 상담에 대한 멘토와 모델을 정하는 것이 좋습니다. 그리고 그를 찾아가 물어봅니다. 지금 저는 가족 상담을 하고 싶은데 어떻게 준비해야 합니까? 그렇게 물어볼 때, 그렇게 충고와 조언을 구할 때 그대가 지금 무엇을 해야 될지 알 수 있습니다."

"그럼, 어떻게 멘토와 모델을 정하지요?"

"우선 서점에 갑니다. 도서관에 갑니다. 그래서 가족 상담에 관한 책들을 모조리 읽습니다. 그대가 10권 정도만 읽어도 만나고 싶은 모델을 찾을 수 있습니다. 그렇게 책을 통해 그대의 모델을 찾고 정합니다. 그리고 찾아가 만납니다. 자, 이번 주 한 주간은 도서관이나 서점에 가서 아예 사세요. 가족 상담에 관한 책들을 읽으세요.
10권만 읽어보세요. 그리고 모델을 찾고 그 모델을 만나서 그대의
진로를 찾아가봅니다."

그 청년은 눈이 반짝거리며 고개를 끄덕였다.

오예!

거절

요청해주어서 고마워요. 그런데 안 되겠어요.

이해해요. 그런데 안 되겠어요.

당신 말이 맞을 수 있겠지요. 그런데 안 되겠어요.

돕고 싶어요. 그런데 안 되겠어요.

당신에게는 분명히 좋았나 봐요.

그런데 나는 원하지 않아요.

요청을 들어주고 싶어요. 그런데 안 되겠어요.

거절하기가 힘드네요. 저를 이해해주세요.

지금은 안 되겠어요.

아직 잘 모르겠어요. 나중에 다시 물어봐주세요.

- 옛날 어디에서 이 시를 일기장에 옮겨 적었는데 도무지 출처를 알 수 없다.

나의 라이프워크를 지키고자 한다면,
때론 거절을 해야 한다.

이 거절은 사실 거절이 아니다.
이미 오래 전에 약속한 자신과의 약속을 지키는 것이다.

그러므로 다소 불편하더라도 거절을 하라.
정직하게 거절을 하라.
상쾌하게 거절을 하라.

자신과 약속했던 소중한 약속을 지키자.

60일 법칙

그는 23살이다. 해병대를 전역한지 1년이 다 되었다. 제주도에 산다. 그의 라이프워크는 헬스 트레이너이다. 군에 있을 때 결정했었단다. 그래서 서울로 와서 헬스 트레이너 코스 과정을 공부하러 왔단다. 학원 근처 고시원에서 머물고 있다고 말했다. 그런데 이틀 수업을 나갔는데 자신이 원하는 것이 아닌 것 같다는 거다. 그래서 무엇을 해야 될지 모르겠다고, 그리고 지금 너무 외롭다는 것이다.

난 그에게 말했다. 우선 외로운 것 맞다고,
그대가 힘들고 외로운 것은 제대로 가고 있다는 신호라고,
하고 싶은 것을 하기 위해 가족을 떠났고,
혼자 고시원에서 생활하는데 외로운 것이 당연하지 않겠냐고.
하지만 그 외로운 것을 핑계 삼아 약해지지 말라고.
또 네 자신의 결정을 쉽게 무시하지 마라.

1년간 넘게 고민하고 결정한 너의 라이프워크를 고작 이틀 가고 아닌 것 같다고 말하다니. 그것은 자신의 결정을 자신이 무시하는 거라고.

'60일 법칙'이 있다. 자신이 원하는 것을 60일 정도 투자하고 올인해보면 알게 되는 것이다. 그게 진짜 내가 원하는 것인지, 아닌지. 그에게 해병대 군 생활 하듯, 외로움을 견뎌내라고 했다. 그리고 원래 자신의 계획대로 헬스 트레이너 코스를 다 마치고 나서 결정하라고 했다. 그런데도 라이프워크를 찾지 못한다면 다시금 찾아오라고 했다.

수군거림

음악 소리를 들을 수 없었던 이들은
춤추는 사람들을 보고 제정신이 아니라고 생각했다.

– 안젤라 모네

자신의 춤을 추는 사람은
그러니까
어쩌면
응당
사람들로부터 제정신이 아니라고 수군거림을 당할 수 있다.

왜냐하면 그들은
그대의 내면의 목소리를, 리듬을 들을 수 없기 때문이다.

걱정

지난달에 넌 무슨 걱정을 했니?
지난해 이맘때에는.

그것 봐라.
기억조차 못하잖니.

그러니까
오늘 네가 걱정하는 것도
별로 걱정할 일이 아닐 거야.

잊어버려.
하고 싶은 일을 그냥 하는 거야.

- 「아이아코카 자서전」

전구가 어떻게 작동하는지 아는가?
전구는 양극(+)과 음극(-)이 서로 부딪쳐야지만 빛을 낸다.

나의 라이프워크는 양극(+)이다.
내면의 목소리를 따라가는 것은 바로 양극(+)이다.

반면 장애물들은 음극(-)이다.
부모님의 반대, 친구들의 의심, 주위 사람들의 방해물들은
바로 음극(-)인 것이다.

우리가 라이프워크를 이루어 가는데,
이렇게 양극(+)과 음극(-)이 부딪힌다.

자, 그렇게
나의 라이프워크와 장애물들이 부딪힐 때
비로소 빛이 생긴다.

기억하라.

바로 그 순간이야말로 삶이 빛나는 순간인 것이다.

라이프워크를 살아갈 때

방해물, 힘듦이 온다면

힘을 내어 빛을 만들어내자!

힘듦에도 불구하고

어려움에도 불구하고

라이프워크를 이루어내어

이웃들에게 환한 빛을 선물하자!

오예!

불가능

불가능한 것이 아니다.
다만 불편한 것일 뿐이다.

포기

비행기가 안데스 산맥에 추락했다.

비행기 조종사는 기적적으로 살아남았다.

그는 엄청난 추위 속에 다시금 살아남아야 했다.

굶주림 속에서 사흘을 걸었다.

그러다가 결국 지쳐 쓰러진다.

이제 너무나도 힘들어 더 이상 걷고 싶지 않다.

그냥 그대로 조용히 고통 없이 죽고 싶다.

죽기 전에 그는 사랑하는 아내와 아이들을 생각하며 울었다.

자신이 죽는다면 가족들은 어떻게 될까?

갑자기 사망 보험금에 대한 규정이 떠올랐다.

만약 실종자로 처리된다면,

실종자가 사망으로 인정되기까지는 4년이 걸린다.

그때까지 아내와 아이들은 보험금도 없이 뭘 먹고 살지?

그는 자신의 시체를 잘 찾을 수 있는 장소를 찾았다.
저기 떨어진 곳에 커다란 바위가 보였다.
그래, 저 바위 위에 올라가서 죽는다면 시체는 발견될 수 있겠지.
그는 마지막 힘을 다해 올라갔다.
마침내 바위 위에 올라갔을 때, 그 아래에 마을이 있었다.
그는 구조되었다.

생텍쥐페리의 〈인간의 대지〉에 나오는 이야기이다.
조종사는 포기하고 싶은 순간에 조금 더 걸어서 구조되었다.

그러므로 포기하고 싶을 때 기억하라.
정말이지 깊은 절망 속에 있을 때,
모든 것을 포기하고 내팽개치고 싶을 때,
조금만 더 버텨보자.
저기 보이는 바위까지만 가보자.
그러면 우리 예상과는 전혀 다르게 기적이 일어난다.

간절함

"마케팅 동아리가 있어요?
정말 있을까요?"

그녀가 라이프워크를 마케팅 전문가로 결정하고 나서
학교에서 마케팅전문 동아리를 찾기 시작했다.

자신의 라이프워크를 이루는 가장 좋은 방법은
라이프워크에 관한 책들을 읽어가고,
라이프워크를 이룬 사람을 만나고,
라이프워크가 이루어진 곳을 방문하고,
같은 라이프워크를 향해 가는 친구들을 만들면 된다.
즉 나의 모든 생활의 초점을 라이프워크에 맞추면 되는 거다.
그래서 대학교에서 가장 강력한 방법은

바로 그런 목적을 가진 동아리에 가입하는 것이다.

동아리에 가입하면
동아리의 선배는 이미 라이프워크를 이룬 사람이어서
선배에게서 라이프워크를 이루는 노하우와 여러 가지 방법과 자료
들을 배울 수 있어 라이프워크를 훨씬 이루기 쉽다.
그래서 그녀로 하여금 마케팅 동아리를 찾게 했다.

"어, 정말 있네요. 그리고 동아리 소개와 동아리 활동들도 나와 있
어요. 우와, 같이 전공책도 읽고, 또 모델들을 만나러 가고, 이미 이
룬 선배들과의 만남도 있네요. 하하, 내가 혼자 해야 할 것들을 이
렇게 함께하고 있네요."

그녀는 컴퓨터로 자료를 찾으면서 신이 난 듯 이야기한다. 그러다
가 갑자기 한숨을 쉰다.

"아, 근데 이미 모집 일정이 끝났어요. 일주일이나 지났는데요. 그리
고 내년 1월에나 다시 모집한대요. 경쟁률이 3:1이었고 합격자 발
표까지 났는데 어떡하죠? 내년까지 기다려야 하나요?"

나는 그녀에게 지금 연락하라고 했다. 동아리 연락처가 있으니 지금 연락해서 동아리 활동을 하고 싶다고, 이제야 동아리 모집 광고를 보게 되었다고, 이제라도 동아리 활동을 참여할 수 있는 방법이 없냐고, 동아리 활동 열심히 하고 싶다고 마음을 전하라고 했다.

그녀는 용기 내어 연락했다. 전화를 받은 담당자는 임원들과 상의하고 다시 알려준다고 했다. 나는 문자로 자신의 솔직한 마음을 다시금 전하라고 했다. 간절한 만큼 문은 열린다는 진실을 알려주었다. 설령 동아리에 가입이 되지 않는다 하더라도 청강생으로라도 꼭 참여하여서 친구가 되라고 했다.

1주일 후, 그녀는 동아리에 들어갔다.
임원들이 그녀의 적극적인 태도에 가입을 결정했다고 한다. 그리고 마케팅에 관한 책들로 프레젠테이션을 준비하고, 마케팅 관련 교수님을 동아리에 섭외하느라 바쁘다고 연락이 왔다.

간절함이 길을 연다.

1만 시간의 법칙

그림책 작가가 되고 싶다고 했다.
그림으로 경제적인 독립을 얻고 싶다고 했다.

내가 물었다. 하루에 몇 시간 그림 그리고 있는지,
1주일에 몇 번 정도 스승이나 전문가에게 그림을 배우고 있는지.

하루에 한 시간도 채 그림을 그리지 않는다.
전문가에게 그림을 배우지도 않는다.
그런데 어떻게 그림 작가로서 경제적인 독립을 얻을 수 있겠는가?

한 젊은이가 현인에게 물었다.
"선생님, 저는 만사에 하나님을 믿고 의지하는 사람인지라, 낙타를 말뚝에 묶는 일조차 스스로 하지 않고 하나님께서 하시도록 그분 섭리에 맡겨드립니다."

그러자 현인이 소리쳤다.

"당장 나가서 낙타를 말뚝에 매어라. 네가 스스로 할 수 있는 일로 하나님을 성가시게 하다니?"

1만 시간의 법칙이 있다.
내가 원하는 것을, 누구의 방해도 받지 않는 곳에서,
하루에 3시간씩 꾸준히 하는 것을 말한다.
그리고 그 3시간이 쌓이고 쌓여 1만 시간 정도 되었을 때
비로소 그 분야에 전문가로서 꽃을 피운다는 말이다.

그녀는 매일 오전 9시부터 12시까지 자신의 방에서 무조건 그림을 그리기로 했다. 그리고 화요일과 목요일 저녁시간, 일주일에 두번씩 전문가를 만나 그림을 배우기로 했다.

그래, 이게 바로 시작이다.
내가 할 수 있는 일을 충분히 하는 것이 먼저다.

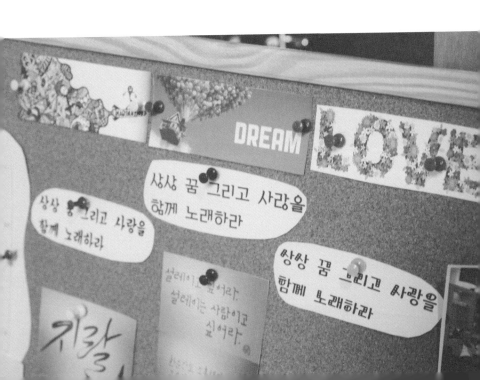

믿음

그대가 그걸 사용할 생각이 없을 때
하나님은 그것을 그대에게 줄 수가 없다.
그대 자신이 누구이고 무엇인가에 대해
스스로 믿는 만큼만 하나님은 도와준다.

맑은 물 붓기

한 스승이 맑은 물 잔에 검은 잉크 한 방울을 떨어뜨렸다.
그러자 물 잔의 물은 검은 색으로 변했다.

"어떻게 다시 맑은 물로 바꿀 수 있을까?"

스승이 묻자, 제자들은 그 물을 휘젓거나 수저로 조금씩 덜어보기도
한다. 하지만 물은 결코 변하지 않았다. 혹시나 해서 물에게 깨끗하
라고 부탁하기도 하고 화를 내기도 했다. 깨끗하게 해주십사 신에게
기도하기도 했다. 하지만 물은 여전히 변하지 않았다. 제자들은 이
제 방법이 없다고 그냥 포기하기 시작했다.

한참 후, 스승은 물 잔 옆의 주전자를 들어 물 잔에 맑은 물을 부었
다. 그러자 검은 물은 다시 맑은 물로 변했다.

"맑은 물을 부음으로써 변화는 일어난다."

작년부터 명훈이라는 학생을 만났다. 아버지와의 관계도 좋지 않고 여러 문제 때문에 학교에서 체벌을 받았다. 무엇을 잘하는지, 무엇을 좋아하는지 모르고 그냥 포기한 채로 살아가고 있었다. 유일한 낙은 친구들과 PC방에서 게임하는 것이었다.

우리는 1주일에 한 번 2시간씩 만났다.
만날 때마다 1주일간 일어났던 일들을 나누었다.
축구시간에 골 넣었던 이야기,
교내 홈페이지를 꾸미는 데 도와주었던 이야기,
아버지께 혼난 이야기,
동생들과 싸운 일 등.
행복한 일에 대해 나누면서 함께 웃고 억울한 일에 대해서 같이 화냈다. 그리고 "넌, 잘할 수 있어! 너에게는 잘하고 좋아하는 일이 있을 거야"라고 응원했다. 함께 좋아하는 일, 잘하는 일을 찾아갔다.

한 달, 두 달, 석 달, 넉 달이 지나갔다.
항상 30분에서 1시간을 지각하던 명훈이가 이젠 약속시간에 정확

하게 나오기 시작했다. 컴퓨터에 관한 책을 읽어가기 시작했다. '컴퓨터 프로그래머'라는 꿈이 생겼다. 영어와 수학 공부를 하기 시작했다. 그리고 잘 웃기 시작했다.

맑은 물을 부음으로써 변화는 일어난다.
모든 사람의 마음속에는 꿈의 씨앗이 심겨져 있다.
무엇을 하고 싶은지, 무엇을 원하는지에 대한 씨앗인 것이다.
하지만 이런 저런 이유로 싹이 나오지 못하고 메말라가고 있다.

그때 맑은 물을 부어준다면,
스스로에게 난 할 수 있어!
친구들에게 넌 할 수 있어!
서로에게 할 수 있어! 라고 끊임없이 맑은 물을 부어준다면
꿈의 씨앗은 반드시 피어날 것이다.

나는 지난 10여 년간 꿈을 찾아주는 일을 해왔다.
사실 그 가운데 가장 큰 역할은 그들의 이야기를 들어주고
맑은 물을 붓는 것이었다.
그렇게 꾸준히 응원하고 칭찬하고 박수치다 보면
어느새 그들은 자신의 꿈을 찾아 날아갔다.

그렇다. 그대 안에는 이미 꿈의 씨앗이 있고 이를 피워낼 힘이 있다.
그냥 맑은 물을 부어주면 될 일이다.

자기 자신에게, 친구에게, 부모님께 그리고 자녀에게
우리가 끊임없이 칭찬과 응원으로
맑은 물 붓기를 한다면
꿈의 씨앗은 피어날 것이다.

영혼의 샤워

여기 두 개의 화분이 있다.

한 화분은 잎이 파릇파릇하고 생기가 가득하다.

반면에 다른 화분은 잎과 줄기가 말라 비뚤어져 있다.

왜 두 화분은 결정적인 차이를 나타냈을까?

어떤 사람은 말한다.

씨앗 자체의 품질이 문제라고.

씨앗에 어떤 문제가 있어서 그렇다고.

또 다른 사람들은 말한다.

화분의 토양이 문제라고.

화분의 토양이 영양가가 없을 거라고.

그런데 말이다.

말라 비틀어진 이 화분은

내가 깜빡 잊고 1주일간 물을 주지 못했던 것일 뿐이다.

그래서 시든 거다.

우리의 영혼이 메마르다고 느낄 때,

도무지 살기 힘들다고 느낄 때

우리는 이와 같이 생각한다.

내가 무슨 문제가 있는 것이 아닐까?

내 행동이 뭔가 잘못되었나?

또는 내 환경이 안 좋아서 그럴 거야.

내 부모가 문제야

내가 다니는 회사가 학교가 이래서 이럴 거야.

지금 사회가 어쩔 수 없어.

아니다.

그대의 성격이나 행동의 문제가 아니다.

그대의 환경이 문제가 있는 것이 아니다.

그냥 물을 안 주었을 뿐이다.

그대가 깜빡 잊고 스스로에게 물을 안 주었을 뿐이다.

내 자신에게 물을 주면 된다.

어떻게?

나에게 일어난 여러 감사, 기쁨들을 알아차려 본다.

나에게 호의를 베푼 사람들을 생각한다.

그리고 그들에게 고마움을 표현한다.

그런 작은 감사, 기쁨들이 바로 물이다.

바로 영혼의 샤워이다.

자, 그러니까

1주일에 1번 정도

나의 삶 속에서 감사를 찾아보자.

그리고 그 감사에 감사를 하자.

그러면

나라는 나무가

나라는 화분은

어느새 싱싱해지고

푸릇푸릇해질 것이다.

오예!

그래,

처음에는 내 날개로만 날아야 했어!

정말 날 수 있을까 의심되기도 했어.

정말 날갯짓을 열심히 하니까 겨우 날 수 있었지.

얼마나 힘이 들고 애썼는지 몰라.

간혹 바람이 불면 떨어질까 어찌나 두렵던지...

그러다가 어느 순간

바람을 탈 수 있게 된 거야!

응, 날갯짓을 조금만 했는데도

바람이 나를 원하는 곳으로 데려다주었어.

맞아,

이제는 바람을 타게 된 거야!

신화

'나에게 라이프워크가 있다'는 말은
이제 나만의 신화를 가지게 되었다는 말이다.

가슴 신호등을 따라가다가 라이프워크를 결정하고
라이프워크 모델, 책, 장소를 통해
구체적으로 이루어갈 인생대본을 갖게 된 것이다.

이제 인생이라는 무대에서
내가 어떤 배우의 역할을 수행할지 결정했다.
구경꾼이 아닌, 거리의 행인이 아닌,
주인공의 삶을 결정했다.

때론 길을 잃어버리기도 하고,
실수와 실패를 하기도 하고,
간혹 은인을 만나기도 하겠지...

그렇게 난 포기하지 않고
나의 신화를 만들어갈 것이다.

생애의 아름다운 순간

대안학교 진로교사로 일할 때였다.

대안학교는 중학생에서 고등학생으로 구성되어 있었다.

그들의 교사가 된다는 것은

그들과 같이 산다는 뜻이며

이 말은 그들처럼 아침 6시에 일어나 밤 11시에 일과가 끝난다는

뜻이다.

왱~ 다시 고등학교 생활이라니...

그렇게 지쳐 지쳐 갈 때

금요일 저녁 퇴근시간, 동료교사에게 무작정

"우리 서해에 노을 보러 갑시다"라고 했다.

그래서 서해로 무작정 떠났다.

생전 모르는 길을
내비게이션을 찍어가며
무작정 달렸다.
마지막 도착 즈음에 해가 떨어져버릴 기세였기에
마을 길로 막 달려서
겨우겨우 해변가에 도착했다.

해변가에 도착했을 때,
아...
하늘은 온통 보라색으로 빛나고 있었다.
정말 황홀한 보라색...

그리고 따스한 바람이 가득 불었다.
마침내 해가 저물었다.

하지만 그 황홀한 보라색과 그 바람은
내 마음속에 영원히 저물지 않았다.
동료교사와 나는 그 감동을 함께했다.
그리고 그 감동이 이어져
그 동료교사는 아내가 되었다.

그래, 이렇게 지구별의 아름다운 광경들을 함께 감상하는 파트너,
지구별 여행자 파트너를 만난 거야.
그런 느낌이 든 거다.

그대에게도 생애의 아름다운 순간이 있을 거다.
그 순간을 기억하라.
그 순간을 기념하라.
그 순간을 감사하라.
그 순간을 축복하라.

season 4

ー

가
을

삶의 핵심은
내가 누구이고
내가 무엇인지 결정하고
그것을 경험하는 것이다.

라이프워크 그려 쓰기

한 청년이 나에게 문자로 한 장의 사진을 보냈다.

그녀는 10년 전에 라이프워크를 경험한 청년이었다.

바로 10년 전에 함께 썼던 미래일기였다.

"큰산님, 다음 주 국립 해양 박물관에 입사합니다. 이삿짐을 싸다가 10년 전에 썼던 라이프워크 워크북을 발견했어요. 그때 10년 후의 일기를 같이 썼잖아요. 정말이지 놀랍게 진짜 미래일기의 장면장면이 현실로 되어가고 있어요. 하하"

우와, 나도 할 말을 잊었다.

2015년 12월 11일.
오전 9시면 어김없이 우리의 해양 박물관은 문을 연다.
오늘은 초등학교 단체 관람이 있는 날이다.
모두들 일찍 나와 분주하게 움직인다.
난 우리 산호연구원들을 모아놓고 각자 안내할 부분을 정해준다. 이윽고 왁자지껄 떠들며 들어오는 아이들을 한 줄로 세우고 기본적인 규칙이나 주의사항들을 전달한다.
그리고 세미나실에서 비디오를 틀어주며 '미지의 세계로의 탐험'이라는 박물관의 목표를 소개한다...

10년 법칙

상우가 왔다.

'뇌의 신비를 연구하다'가 그의 라이프워크였다.

10년이 걸렸단다.

10년 동안 실험용 쥐를 해부했고

이제 뇌공학 박사가 되었다고 박사 논문을 가져왔다.

오예!

갑자기

그가 갑자기 성공했다.
갑자기 천재가 탄생했다.
갑자기 그의 꿈을 이루었다.
갑자기 그의 라이프워크가 이루어져있다.

우리는 '갑자기' 라는 말을 많이 쓴다.
하지만 정말 '갑자기' 라는 것이 있는가?
절대로 그렇지 않다.
어떤 일이라도 숨겨진 원인이 항상 앞서 있다.

어느 날 아침 일어났는데, 집 앞마당에
'갑자기' 커다란 나무가 있는 것을 볼 수 있는가?
물론 없을 것이다.

그런 일이 있다면 과거 어느 시점에
씨앗 하나가 날아와 자랐기 때문일 것이다.

모든 것에는 항상 원인이 있다.
과거 어느 시점에서 그 씨앗이 뿌려진 것이다.

라이프워크 수업에서는
내가 지금 어떤 씨앗을 뿌리고 있는가? 알아차리게 한다.
내가 지금 어떤 씨앗을 뿌리고 싶은지 결정하게 한다.
그래서 그 씨앗에 물을 주고, 햇볕을 주고 양분을 주어서
마침내 열매를 맺게 하는 것이다.

큰산은 '사하라인생학교'라는 그림을 그렸고 그 씨앗을 뿌렸다.
그리고 이를 위해 물과 양분들을 주면서 잘 키우고 있다.

첫 번째, 인생학교에 관련된 책을 읽어가고
두 번째, 인생학교를 이루어낸 사람들을 만나고
세 번째, 인생학교가 이루어진 곳들을 방문한다.

그렇게 정성껏 키워서

마침내 '사하라인생학교' 라는 열매를 맺게 된 것이다.

그렇다.
'갑자기' 가 아니라
'마침내' 그 열매가 맺히게 되는 것을 목격할 것이다.

이렇게 정성껏 키워가는 기쁨이
그 열매를 맛보는 기쁨만큼 행복하다.

나에게 온 신호를

최선을 다해 따르고

그 결과는

하늘의 뜻에 맡긴다.

실수

나는 실수를 할 수 있는 사람이다.

그러나
실수 때문에 라이프워크를 놓치지 않는다.
실수를 통해 라이프워크는 더욱더 깊어지고 성장한다.

실수했다.
그럼에도 불구하고
나는 내 길을 갔다.

라이프워크의 비밀

사하라를 경험한 그가 놀러왔다. 같이 점심을 먹으면서 이야기를 나
눴다. 그의 라이프워크는 "사진으로 사랑을 전하다"였다. 구체적으
로 사진작가로 활동하며, 또 여러 선교사를 만나 그 현장의 사진을
찍는 것으로 그들을 돕고 싶어 했다.

최근에 태국에서 한 선교사를 만났는데 그 선교사에게 자신의 라이
프워크를 말하기도 전에, 오히려 그분이 사진이나 영상으로 선교사
를 돕는 전문가가 너무나도 필요하다는 이야기를 하더란다. 바로 자
신이 하고 싶은 일, 라이프워크가 현장에서 너무나도 필요하고 절실
하다는 이야기를 들은 거다.

나는 이를 통해 라이프워크의 비밀을 알아차려버렸다.

내가 제주도에서 라이프워크를 찾아주는 학교를 만들고 싶다고 할
때, 정말로 그것을 원하는 팀과 장소를 만났다. 내가 안내자들을 양

성하고 싶다고 하자 드림컨설턴트아카데미가 열려서 그렇게 진행하고 있다. 내가 나를 도와줄 드림팀이 필요하다고 하자 정말 그렇게 라이프워크를 함께 안내하는 드림팀이 구성되었다. 청년이 자신의 꿈을 찾아가는 소설 스타일의 책 쓰기를 원하자, 나를 도와주는 작가와 출판사를 만나게 되었다.

나는 그동안 내가 원하면 하나님께서 그 부름에 응해주는 것이라 생각했다. 나는 그동안 내가 간절하게 원해서 아버지께서 그 부름에 응해주는 것이라 생각했다.

그런데 말이다. 어쩌면 말이다.
나의 원함이 먼저가 아니다.

바로 누군가가 아버지께 그것을 요구한 것이었다.
바로 누군가가 아버지께 그것을 바란 것이었다.
나의 바람보다 먼저 누가 요청한 것이다.
그래서 아버지는 그 기도와 요청을 들어준다.
어떻게? 누군가의 기도와 요청을 나에게 가슴 떨림으로 보낸 준 것이다. 즉, 누군가의 기도와 요청은 내가 좋아하는 것이다. 내가 즐겨하는 것이다. 내가 그것을 하면 행복한 거다. 혹은 이미 그것에 가슴 떨려하는 사람과 이어준다. 이미 그것을 좋아하고 즐기는 이와 연결시켜준다. 왜냐하면 그것을 좋아하고 가슴 떨려하는 사람이 그 일을 가장 잘하기 때문이다.

그러므로 우리는 가슴 떨려하는 것을 당당하게 누려야 한다. 자신을 설레게 하는 라이프워크대로 살아가야 한다. 왜냐하면 그 가슴 떨려하는 것은 누군가가 아버지께 요청한 것이기 때문이다. 그리고 아버지는 조만간 우리와 누군가를 만나게 할 것이다. 아니 이미 지금도 만나고 있을지도 모른다.

그때 나는 가슴 뛰는 라이프워크를 실컷 즐겼을 뿐인데 그 누군가도 역시 그의 바람이, 기도가 이루어진 행복을 누리게 될 것이다.

이 얼마나 엄청난 라이프워크의 비밀인가?
이제 난 두려움 없이 가슴 뜀을 따라 살 것이다. 이로 인해 누군가는 그의 기도가 이루어질 것이다. 또 나는 바람과 요청도 할 것이다. 그러면 이 또한 누군가에게 가슴 뜀으로 이어져 나의 바람과 요청은 이루어질 것이기 때문이다.

내 걸음에 속도가 있다.
나만의 속도가 있다.

그런데 어느 순간
다른 이의 요구, 바람들,
여러 대중 매체의 선전, 광고, 세일즈를 통해
그리고 조급함에
정신없이 무언가에 쫓겨 간다.
내 걸음을 놓쳐 버린 채.

다시금
천천히 나를 느낀다.
다시금

천천히 나는 걷는다.

호흡을 알아차리며
발의 근육들
심장의 두근거림
손길의 움직임을 느껴가며
다시금 움직인다.

원하는 것이 무엇인지,
왜 그렇게 하고 싶은지를 묻는다.

무의식적으로 끌려가던
두려움이라는 감정에 휩싸이던
이렇게 하지 않으면 안 되는데, 라는 불안감으로
그를 몰아세우던
그 시간들을,
그 마음들을,
그 행동들을,
그 생각들을
살며시 내려놓고

바라본다.

잠시 쉬고
하늘도 보고
지나가는 벌레도 보고
햇볕에 반짝이는 나무도 보고

그래
나는 그를 보고
아! 이렇게 감탄하기도 하고
혼자 웃는다.

그렇게 마음에 바람을 쐬어주고
다시금 내 길을 간다.
얼굴에 살짝 웃음을 머금은 채로.

interview

그대라는
꽃

그대가 바로 꽃이다.
그대라는 꽃은 피어난다.

홍우림
사진작가, Art Center College of Design
(Photography & Imaging) 재학 중

세상의 소외된
사람들을 위한
사진작가

나이 서른, 20대 청년의 시기를 되돌아보고 인생의 여정을 한 번
쯤은 진지하게 고민해 보는 시기가 찾아왔다. 하지만, 나이 서른은
그리 멋지지 않았다. 나는 인생의 길목에서 어디로 가야 하는지 고
민하고 있었고, 철없이 살았던 과거의 모습에 허덕이며 꽤 힘든 시
기를 보내고 있었다. 그러던 중 우연히 선배를 통해 사하라를 알게
되었다.

나는 라이프워크 수업을 통해 지난 세월을 돌아보며 하나둘씩
찾아가기 시작하였다. 지난 10년 동안 신학공부를 하며 교회와 선
교지에서 어린아이들과 청년들을 돕는 삶을 살았으며, 무엇보다 약
25개국을 다니며 다양한 세계와 문화와 사람들을 만나며 소중한 경
험을 쌓았다는 것을 다시금 떠올렸다. 이 경험은 인생에 매우 값진

보물들이며, 많은 나라들을 다니면서 마음속 한편에 작은 꿈을 꾸고 있었다.

'언젠가 세계를 다니며 소외된 사람들을 살리는 사람이 되리라'

나는 마음 한편에 이 꿈을 동경하고 있다는 것을 발견하였다. 하지만 스스로에게 질문을 던졌다. 과연 어떻게 이 꿈을 구체적으로 이룰 수 있을까? 지금의 삶은 이 꿈과 점점 거리가 멀게만 느껴지고 있었기에 그렇게 고민하고 또 고민하였다. 그때 우연히 한 사진집을 보게 되었는데, 그 사진은 큰 충격을 주었다. 그 사진은 세바스치앙 살가두Sebastiano Salgado 라는 작가의 작품이었는데, 그의 사진 속에는 세상의 고통 받는 사람들의 이야기가 담겨있었다. 모든 사진에는 메시지가 가득했고 그 이미지들은 매우 강렬했다. 나는 이 사진들에 순식간에 매료되었다. 그러면서 자연스럽게 이런 마음을 갖게 되었다.

'언젠가 세계를 다니며 세상에 소외된 사람들의 사진을 찍는 사람이 되면 어떨까?'

그렇게 나의 꿈은 조금씩 선명해지기 시작했다. 놀랍게도 이 꿈은 내 삶과 매우 밀접하게 연관되어 있었다는 것을 그동안 모르고 있었다. 어릴 적부터 사진을 보는 것을 매우 좋아했는데, 심심할 때면 늘 집에 있는 사진앨범을 꺼내어 부모님의 어린 시절 모습이나 옛 추억의 사진들을 보는 것을 즐겨했다. 또한 사진을 찍을 때 참 행복했다. 다양한 나라를 다니는 지난 세월 동안 항상 카메라를 들고 다니며 사진을 찍었는데, 내가 사진을 찍을 때면 많은 사람들이 그 사진을 통해 기뻐했고 나 역시 그것으로 인해 행복감을 느꼈다. 그렇게 꿈에 대한 열쇠가 인생 가운데 숨어있다는 것을 발견하고서 더 이상 주저하지 않았다.

　꿈에 대한 확신이 든 순간부터는 뒤도 돌아보지 않고 어떻게 하면 이 꿈을 실현할 수 있을까에 대한 방법을 모색했다. 세계를 다니며 사진을 찍기 위해서는 세계적인 사진가가 되어야 했고, 그러한 사람들을 만드는 곳에 가고 싶었다. 그때부터 프로페셔널한 사진가를 양성하는 세계적인 예술학교들을 찾으며, 그곳에 가기 위해 본격적으로 사진을 배우기 시작했다. 간절히 찾으면 이루어진다고 했던가, 감사하게도 그 꿈을 찾기 위해 주변에 좋은 선생님들을 만나게 되었으며 그들은 내 꿈을 이루는 것을 적극적으로 도와주셨다. 그렇게 늦은 서른 한 살의 도전은 시작되었고, 10년 동안 해오던 전공을 바꾸어 새로운 꿈을 찾는 것은 모험 아닌 모험이었다. 그렇게 반년 정도의 시간이 흘렀을까? 마침내 LA에 있는 ACCD (Artcenter College of Design) 와 뉴욕의 SVA (School of Visual Arts) 에 합격통지서를 받았다. 정말로 이 꿈들이 구체화되어가는 시작이었다.

　이제 막 걸음마를 내딛은 단계이지만, 나는 이 순간이 행복하다. 적어도 스스로에게 용기를 내었으며, 내 안에 꿈꾸던 나에게 정직하게 반응했기에 이 도전이 매우 값지다. 앞으로 인생의 다음 챕터가 어떻게 쓰일지 모른다. 하지만 나는 이 멋진 도전을 계속 즐기며 나아가고 싶다.

이진실
SEAM CENTER 기획담당 매니저

기획, 즐거움, 변화

　대학생으로 보내는 마지막 학기 동안 사하라를 참여하여 찾은 라이프워크는 "제3세계 아이들을 돕는 기획자로 사는 것"이었다. 제3세계에 대한 꿈을 가지고 대학에 입학했고, 4년을 그 꿈 하나만을 쫓아갔다. 감사하게도 마지막 학기를 보내고, 바로 NGO에서 일할 기회가 생겼다. 인턴이었지만 꿈에 그리던 제3세계에서 몇 달간 일할 수 있는 기회도 주어지는 특별한 인턴이었다. 하지만 그 특별한 기회는 많은 고민을 가져다주었다. 학교라는 울타리를 벗어나 사회인으로, 직장인으로 겪는 현실은 생각보다 녹록치 않았다.

　업무에 익숙하지 않아 오는 어려움은 누구에게나 똑같으니 괜찮았다. 그런데 하루 이틀이 지나면서 점점 야근이 늘어갔고, 거의 매일 야근을 했다. 10시~11시에 퇴근해서 잠만 자고 다시 출근하는 매일을 보내면서 내 얼굴은 점점 굳어져갔고, 사내 분위기는 처음과 달리 점점 차가워져만 갔다. 처음에 느꼈던 감사와 기쁨은 사라졌고, 점점 불만과 불평이 늘면서 스스로 질문을 쏟아내기 시작했다. "내가 꿈꾸던 삶이 이런 건가? 야근이 많아서 힘든 걸까? 직장인은 어쩔 수 없는 걸까? 고작 나는 이것도 못 버티나? 이렇게 해서 어떻게 살지?" 등등 출퇴근 시간마다 되묻고 또 되묻고, 직장 다니는 언니, 오빠들에게 조언을 얻으며 버텨보려고 노력했지만 쉽지 않았다. 결국, 반년도 버티지 못하고 인턴 자리를 박차고 나왔다. 이유는 단 하나. "아직 젊고, 난 행복하게 살고 싶다!"

그 다음 주 월요일. 출근이 없다는 것만으로도 행복했다. 그렇게 행복한 백수, 취준생이었던 나는 얼마 가지 못해 또 다시 암흑 속으로 들어가게 되었다. 언제 끝날지 모르는 취준생의 긴 터널 속에서 지쳐갔다. 어느 노래의 가사처럼 내일 뭘 해야 할지 몰라 밤잠을 설쳤고, 부모님과의 관계는 서로 눈치 보기 바쁜 관계로 변해갔고, 요즘 뭐하냐는 질문이 듣기 싫어 점점 사람들과의 만남도 줄어갔다.

그때마다 사하라가 있어서 고마웠다. 사하라에 와서 내가 어떤 사람인지 정리할 수 있었다. 야근이 힘들었던 게 아니라 야근을 해서 친구들을 만나지 못한 것이 힘들었고, 업무가 힘들었던 게 아니라 일 중심의 사내문화가 나를 힘들게 했던 것이었다. 나는 사람과의 관계가 중요했고, 정해진 일보다 새로운 걸 만들어내는 일을 더 좋아한다는 걸 확실히 알게 되었다. 나의 라이프워크는 바로 "기획, 즐거움, 변화" 즉, 기획을 통해 변화를 만들어내는 즐거운 삶으로 구체화되었다.

10개월의 마지막에 이르렀을 때, 사하라에서 추천해준 사회적 기업 관련 워크숍을 통해 드디어, 전혀 생각지도 못한 방법으로 취업을 할 수 있게 되었다. 무엇보다 나의 라이프워크를 구체적으로 실현할 수 있는 일을 하게 된 것이다. 이제 시작이지만 더욱더 라이프워크를 발전시키고 구체화시키려고 한다. 1년 뒤, 3년 뒤, 5년 뒤엔 내가 어떤 삶을 꿈꾸고 있을지 기대가 된다. 사하라에 고마움을 전하며...

배민철
싱어송라이터 Mean으로 활동

아름다운 노래를 부르자

사하라를 참여하면서 한 가지 깨달은 것은 그동안 '나'는 '나'를 잘 몰랐다는 것이었다. 꽤나 나 자신을 잘 안다고 이해했고 그래서 갈 길을 잘 안다고 생각했다. 이 과정을 지나고 보니 나는 나라는 존재를 잘 몰랐고 이해하지 못했다는 걸 알게 되었다. 나라는 존재를 상당히 많이 오해하고 있었고 그것으로 인해 충분히 사랑해주지 못하고 있었다.

사하라를 할 당시 나의 상황은 무엇인가를 좇아서 왔는데 정작 어디로 가야 할지 앞이 보이지 않는 그런 상황이었다. 닫혀 있었고 막혀 있는 느낌이었다. 한 주 한 주 진행할 때마다 안개가 걷히는 것 같은 기분은 커녕 점점 더 미궁으로 빠지는 듯한 느낌이었다. 왜냐하면 과거에 있었던 실패가 떠올랐기 때문이다. 도망쳐 나온 곳이 계속해서 그려지고 있었기 때문이다. 외면하고 다른 생각을 해보고 싶었지만 진행하면 할수록 실패했다고 생각했던 것들이 계속 떠오르게 되었다.

그렇다. 나는 내가 과거에 실패했다고 생각했던 전공의 영역을 너무나도 사랑하고 좋아하고 있었던 것이다. 그것은 음악이었다. 재능이 없다고, 실패한 거라고 생각했던 음악이라는 영역을 나는 너무나도 사랑하고 있었다.

버킷리스트를 실행하면서 내가 무엇을 좋아하는지 다시 한 번 생각해보았다. 그리고 하나씩 하나씩 경험할 때마다 오랜 기간 경험해보지 못했던 감정들을 느꼈다. 큰 기쁨과 감동, 그리고 행복이었다. 버킷리스트에 적혀 있는 대부분이 음악과 관련된 내용이었고 라이프워크 과정을 진행하면서 등장하는 많은 것들이 대부분 음악과 관련이 있는 것들이었다. 그래서 나는 라이프워크를 '아름다운 노래를 부르자'로 결정했다.

라이프워크가 정해지고 모델을 찾고 장소를 찾아보고 전람회를 하는 것까지 참 행복하면서도 겁이 나는 과정이었다. 아무리 좋아하는 것이라곤 하지만 과거에 실패했던 영역을 다시 끄집어내 도전한다는 것이 쉽지 않았다. 전람회를 하고 나서도 라이프워크를 찾았다는, 과정을 끝냈다는 기쁨과 함께 막막함도 있었다. 아마 라이프워크를 찾은 것으로 끝났다 생각했는지 모른다. 하지만 그것은 끝이 아니라 시작이었다. 그때부터 나는 두려움과의 싸움을 시작했던 것이다. 내 안에 있던 두려움, 그것은 현실에 대한 걱정이었다. 내 꿈을 좇아서 살아가게 될 때 과연 밥은 먹고 살 수 있을지, 지금 있는 자리를 뛰쳐나가야 하는가 하는 고민과 그것으로 인해 오는 두려움으로 인해 많이 주춤거렸다.

그때부터 나에게 긍정적인 경험을 주기로 했다. 꿈을 위해 무언가를 노력했을 때 그에 합당한 대가들을 주기 시작했다. 버킷리스트에 있는 것을 사기고 했고 좋은 것을 느끼고 누리려고 했다. 그리고 교회에서 음악에 관련된 활동에는 긍정적으로 참여하려고 했다. 그리고 마지막으로, 어렵고 두렵고 떨리지만 조금씩 노래를 만들고 가사를 쓰는 작업을 시작했다. 그러자 그 두려움은 조금씩 사라지고 자신감이 찾아왔다. 이제는 두려움보다는 자신감이 내 꿈을 지지해주고 라이프워크를 응원해주고 있다. 아마 해보지 않았기에 자신감보다는 두려움이 컸었고 경험을 해보자 자신감이 생긴 듯하다.
  요즘 참 행복하다는 생각을 자주 하게 된다. 가슴 떨리는 일들을 찾아가니 정말 행복하다. 앞으로 라이프워크를 위해 살아갈 것을 생각만 해도 기대가 되고 즐겁다. 이제야 나를 제대로 이해하고 사랑해주는 방법을 배운 듯하다. 이 녀석을 잘 어르고 달래서 꿈꾸던 곳으로 데려다주어야겠다. 매일매일 행복을 경험하면서 말이다.

사하라 공식 유행어를 외치며 글을 마친다. 이 말을 들을 때마다 참 기분이 좋아진다. "오예~!"

조성실
소망영상나눔 영상디렉터, 대학 강사

감동을 불러일으키는
영상디렉터

나는 감동을 불러일으키는 영상디렉터이다.

나는 기독교영상과 사랑에 빠졌다.

나는 기독교영상을 기획하고 연출해서 사람들에게 흥분과 감동을
주고 그들이 영상을 통해 하나님을 묵상할 수 있게 하는 일에
나의 20, 30대를 투자한다.

2007년 1월 16일 조성실

    사하라를 경험한 후 9년이 지났다. 그때와 비교하면 많은 것이
변했다. 사랑하는 아내와 결혼을 해서 두 아이의 아빠가 되었고, 매
일 아침 교회로 출근하는 목사가 되었다. 여전히 맡은 일에는 서투
르고, 흔들리는 불안한 존재로 살아간다. 하지만 그때부터 지금까지
변하지 않는 한 가지가 있다. 바로 '하고 싶은 일에 대한 사랑', 27

살에 처음 느꼈던 두근거림과 설렘의 순간이 36살이 된 지금까지도 꾸준히 지속되고 있다.

"나는 감동을 불러일으키는 영상디렉터이다"
처음 라이프워크를 하면서 내 안에 있던 소중한 재능을 보게 되었다. 이전에도 있었지만 미처 깨닫지 못했던 달란트. 그것은 다른 사람에게 감동을 불러일으키는 능력이었다. 나는 이성적이지도, 합리적이지도, 계획적이지도 못한 사람이었지만, 누군가를 흥분하게 만들고, 감동적인 이야기를 전달해주는 것을 즐거워하였다. 그런 나에게 있어서 영상은 너무나 매력적인 도구였다. 캄캄한 공간 속에서 한 줌의 빛이 만들어내는 스크린 위의 이미지를 보며, 사람들이 웃고 때로는 눈물을 흘린다. 그 모습을 상상하는 것만으로도 가슴이 벅차올랐다. 그렇게 나는 스스로를 영상디렉터라고 불렀다.

"나는 기독교영상과 사랑에 빠졌다"
꿈을 이룰 수 있는 가장 효과적인 방법은 사랑에 빠지는 거랬다. 밤을 새어서 영상을 만들어도 피곤하지 않았다. 더 많은 감동과 더 깊은 성찰을 담기 위해서 고민하고 또 고민하는 순간이 행복했다. 텍스트 하나에 담긴 의미를 생각하고, 여백이 주는 매력을 깨달아갔다. 영상을 만드는 순간만큼이나 행복한 때는 영상을 나누어줄 때였다. '교회영상 네트워크'라는 카페를 시작으로, 제작한 영상을 무료로 나누기 시작한지 벌써 13년이 되어간다. 교회에서 시작한 '소망영상나눔 프로젝트'는 4년이 지난 지금 누적 다운로드 수만 8만 4천여 건이다. 내가 즐거운 일을 하고, 그 결과물을 주위 사람들과 나눈다는 것은 참으로 신나는 일이다.

"영상을 기획하고 연출하는 사람"
'라이프워크 전람회'를 할 때 계획했듯이, 나는 꿈을 더 구체적으로 만들기 위해서 꿈을 이룰 수 있는 곳을 찾았다. 비록 시간은 조금 흐른 뒤였지만, 가장 적절한 때에, 가장 좋은 방법으로 고려대학교 언론대학원에서 영상을 전공하며 꿈을 키울 수 있었다. 경험적으로 알던 영상의 테크닉들을 이론을 통해 문법으로 익히고, 이미 현장에서 영상으로 자신의 꿈을 펼치고 있는 사람들을 만나 앞으로의 길에 대해 조금 더 구체적으로 그려볼 수 있었다. 내가 할 수 있는 일과, 내가 하지 않아도 될 일에 대한 명확한 구분이 생겼고, 가장 나다운 영상이 무엇인가에 대해 깊이 있게 고민해 볼 수 있는 시간이었다.

"영상을 통해 하나님을 묵상할 수 있게 하는 일"
십년 전만 해도, 영상을 만드는 것은 목사로서는 이상한 짓이었다. 목사는 설교를 하고, 목양을 해야 목사라고 배웠다. 기독교영상을 만드는 것은 영상을 잘 만드는 일반 전문가들의 몫이라고 여겼다. 아무도 가보지 않은 길. 따라갈 모델도, 고민을 터놓을 상담자도 없었다. 하지만 오랜 시간 이 길을 걷다보니, 어느새 나만의 길이 생겼다. 목사로서의 정체성을 지키면서 나의 사명을 펼쳐낼 사역의 자리도 마련되었다. 현재는 소망교회에서 미디어담당 목사로 섬기면서 목회와 미디어 환경 사이의 간극을 좁혀나가는 역할을 기쁨으로 감당하고 있다. 장로회신학대학교 박사과정에 진학하여 영상커뮤니케이션에 대한 신학적 토대를 찾아가고 있다. 그리고 이제는 내가 가진 미디어사역에 대한 경험과 노하우를 학교 강단에서 신학생들에게 전하고 있다.

정현덕
디자이너

가슴 뛰는 꿈을
디자인하다

2014년 라이프워크를 정했다.

'가슴 뛰는 꿈을 연결하다.'

다른 사람들의 꿈을 찾아주는 것. 그 꿈을 연결해 주는 것. 꽤나 즐거운 일이었다. 사하라에서 스텝도 시작했다. 꿈을 찾아가는 사람들의 모습을 옆에서 보는 것. 그것만으로도 기뻤다. 사람들의 꿈을 연결해주기 위해 꿈의 모델이 되어줄 사람들에 대한 연구도 시작했다. 블로그도 하고, 장소도 찾아가보았다. 라이프워크를 향한 여정이 시작된 것이다. 그렇게 1년이란 시간을 보냈다. 그러다가 제주사하라인생학교를 마친 후, 큰산님과 이야기를 나눴다.

"네 모습을 보니까, 네 안에 안내자와 예술가 2가지가 있는 것 같아. 너는 정말 안내자의 삶을 원하고 있니?"

나는 주저함 없이 안내자의 삶이라고 했다. 내가 처음으로 정한 결정이었으니까. 그런데 '안내자의 삶으로 살아갈거야'라고 대답한 이후 마음 속에 다른 울림이 있었다. 블로그도, 사람을 만나는 것도, 장소를 찾아가는 것도 뭔가 버겁고 힘이 들었다는 걸 사실 알고 있었다. 제주도에서 혼자 걸으며 생각했다. 정말 즐거운가. 정말 가슴 뛰는가. 함덕의 푸른 바다 앞에 혼자 앉아 계속 물어보았다.

'내가 정말 하고 싶은 건 나를 표현하고 싶다.

나는 디자인을 하고 싶다.

나는 가슴 뛰는 꿈을 디자인하고 싶다.'

이렇게 라이프워크를 수정하고 스스로에게 물었다.

"나는 가슴 뛰는가? 가슴 뛴다.

나는 하고 싶은 것을 하고 있는가? 하고 싶은 것을 하고 있다."

신기한 것은 내가 어릴 적 하고 싶었던 것, 내가 해보고 싶었던 것, 내가 서투르게 배웠던 것, 내가 알아차리지 못했지만, 내 라이프워크에 담겨져 있었다는 사실.

어릴 적, 왼손잡이였던 것.

예술고등학교를 가고 싶었던 것.

건축가가 되고 싶었던 것.

유럽 여행을 하며 밥은 굶어도 미술관과 박물관만큼은 다닌 것.

20살 편집 프로그램을 알음알음 배웠던 것.

친구들과 티셔츠를 만들었던 것.

말도 안되는 앨범 자켓을 만들었던 것.

1년에 100여편 이상의 영화를 꾸준히 보았던 것.

여러 행사 포스터를 만들었던 것.

디자인 잡지를 보아왔던 것.

아니라고 했지만, 사실 내 라이프워크는 이미 삶에 담겨져 있었다. 다만 내가 지금 하고 있는 것에 시간을 많이 투자했으니까 포기하지 못한 것뿐이었다. 그것이 익숙하니까. 그것이 안전하니까. 내 삶 속에서 내 라이프워크를 알아차리지 못한 것뿐이었다. 이미 내 안에 내 라이프워크를 위한 재료가 담겨져 있었다. 시간이 꽤 걸렸지만, 나는 내 라이프워크를 다시 찾았다. 그리고 할머니 때문에 억지로 배웠던 오른손도 사용하지 않고 있다. 왼손잡이로 살아간다. 서툴지만, 가슴 뛰는 '내' 라이프워크를 디자인하고 있다.

김은구
사진작가, jadensnap 대표

사진으로 도움을 만들다

"여행이 아니라 살러 간다고?"

처음 이곳 태국 방콕으로 간다는 소식을 전했을 때 사람들의 한 결같은 반응이었다. 너무 흔하고, 그래서 어쩌면 뻔한 여행지 방콕으로 가서 짧은 여행이 아니라 몇 년을 살기로 결정하는 데는 그리 오래 걸리지 않았다. 고민부터 결정까지 두 달 남짓의 시간 동안 한국에서 하던 일들을 서둘러 정리하고, 이사를 하고, 지인들과 간단히 인사를 나누다 보니 어느새 방콕에 와 있었다.

1999년 처음 해외여행을 경험한 이후 여행의 매력에 빠져 기회만 되면 여행을 떠났다. 가까운 곳은 언제든 떠날 수 있고, 동남아는 휴양지 분위기일 거란 선입견 때문에 나중에 늙어서 와도 되겠다는 생각에, 유럽은 물론이고 알래스카, 아프리카 등 가능하면 먼 곳으로 여행을 떠나곤 했다. 그러다 보니 이번 태국 행처럼 준비 없이, 무모하게 떠났던 적도 없었던 것 같다.

처음 태국에 오기 전, 방콕은 주민들이 농사를 지으며 소를 타고 다니고, 만나는 사람마다 '원 달러'를 외치는 곳일 줄 알았다. 그래서 될 수 있는 대로 낡은 옷을 골라 가지고 왔고, 카메라 장비도 대부분 한국에 놓고 최소한으로만 가지고 왔는데, 그런 복장으로 시내에 처음 나간 날 나는 이 동네에서 가장 불쌍한 사람으로 보였다. 그래서 초반엔 코리아에서 왔다고 하면 농담으로 '남한? 북한?' 묻는 말에 괜히 꽤 진지하게 답했던 것 같기도 하다.

한국에서 태국 생활을 준비할 땐 자리를 잡는 데 일 년은 넘게 걸릴 거라 예상했는데, 방콕에 온 지 두 달도 채 지나지 않아 밀려오는 일정이 감당이 안 되어 다니던 어학원도 그만두어야만 했다. 너무 금방 자리가 잡히고 일이 시작돼서 여기저기 다른 나라에서도 촬영 요청이 들어왔고, 한 달에 두세 번은 비행기를 타고 다니며 일정을 소화하고 있다. 이게 태국에 온지 일 년도 채 되지 않아 일어난 일들이다.

누구나 자신을 돌아볼 때마다 느끼는 것이겠지만, 나 또한 왜 진작 용기를 내지 못했을까 하는 아쉬움이 있다. 조금 더 일찍 용기를 내고, 자신감을 가졌다면 더 재밌는 일들을 만날 수 있었을 텐데 말이다.

  사하라를 경험하기 전에는 프리랜서로 일주일에 한두 번 촬영하는 것이 전부였고 그것에 꽤 만족하며 살았다. 여행을 좋아하고, 사진을 좋아하는 건 알고 있었지만, 그 이유에 대해서는 한 번도 생각해보지 않았고 그저 여행이 좋아서, 사진이 좋아서라는 막연한 생각만 있을 뿐이었다. 하지만 사하라를 통해 발견한 중요한 사실이 나에게 큰 용기를 주었다. 평소 사역과 함께 일을 하고, 사진을 찍고, 디자인 등을 하면서 다른 이들을 돕는 것을 즐거워했었지만 이것에 의미를 두어 본 적이 한 번도 없었는데 알고보니 내 삶의 중심에 '도움'이라는 가치가 있다는 것이었다. 그저 사진이 좋아서, 또 내 성향상 일하는 게 재밌어서 그렇게 일하고 있다고 생각하던 것에서 내 안에 있던 새로운 가치를 발견하는 순간 새로운 목적이 생겨났다.

  '사진으로 도움을 만들다'

  해외에서의 삶에 대해 고민을 하던 중 만난 이 목적 덕분에 큰 고민 없이 더 많은 도움을 만들 수 있는 태국으로 오게 되었다.
  그리고 사하라를 통해 얻은 또 하나의 선물은 내 안에 있는 '도움'에 대한 인식의 변화였다. 사진으로 도움을 만든다고 생각했을 때 처음엔 그저 '어려운 사람들을 무료로, 혹은 저렴하게 찍어주는 것'이 전부라 생각했다. 하지만 그 틀을 깨고 나니 더 많은 도움의 기회들이 보였고, 그 일들을 해나가면서 그토록 꿈꿔왔던 사진작가로서, 그리고 동시에 사역자로 사는 삶을 기쁘게 감당하고 있다.

물론 앞으로의 계획이 또 어떻게 흘러가게 될지는 아무것도 예상할 수 없어 늘 불안하고 걱정이 많은 삶이지만, 그 안에서 어느 때보다 기쁘고 즐겁게 나의 일을 즐기고 있다. 새로운 것을 시작하기엔 많이 늦었다고 생각했는데 앞으로 다가올 새로운 일들이 여전히 기대된다.

소재웅
작가, 〈MVP 유두열〉, 〈굿플레이어〉 저자

글쓰기로 존재에 용기를 주다

무언가 불만스러웠고, 찝찝했다. 더 구체적인 무언가가 있을 것만 같았다. 그걸 찾을 수 있다면 좀 더 즐겁게, 좀 더 흥겹게, 좀 더 힘차게 살아갈 수 있을 것만 같았다. 무엇을? 꿈을. 풀어 말하자면 '과연, 난 정말 무엇을 하며 살기 원하는가?'라는 질문에 대한 답을.

2015년 봄, 평소 친분이 있던 누나로부터 사하라에 대해 듣게 되었다. 유쾌한 목사님 두 분이 그곳에 계시다는 얘기였다. 그러곤 "니가 고민하고 있는 그 부분에 대해서 도움이 될 거야"라는 이야기를 덧붙였다. 별 기대는 안 했다. 이유는 간단했다. 지금껏 내 곁에 꽤 많은 멘토들이 있었고, 내 나름의 치열한 고민이 있었지만 결국 그 수많은 사람들과 고민들은 나의 굵직한 고민 '과연, 난 정말 무엇을 하며 살기 원하는가?'에 답을 주지 못했으니까. 그래도 한 번 사

하라에 가보기로 했다. 유쾌한 목사님 두 분한테 커피나 한 잔 얻어
먹자는 심정으로 갔다. 첫 만남이 정확히 기억나진 않는다. 어쨌거
나 나는 두 분의 목사님과 이런 저런 이야기를 나눴고, 자연스럽게
사하라를 경험해보기로 결정했다. 기왕 할 거라면 아내와 함께 하
고 싶었다. '만약, 내가 정말 무엇을 하며 살기 원하는지에 대해 아
내 역시 알게 된다면, 내가 앞으로 그 삶을 살아갈 때 훨씬 수월하
게 해나갈 수 있지 않을까'라는, 일종의 꼼수에서 나온 결정이었다.

　그렇게 12주간의 과정이 진행됐다. 즐거웠다. 가슴 설렜다. 치열
했다. 답답했다. 애매했다. 기뻤다. 두려웠다. 12주의 과정은 내게 그
랬다. 내가 정말 좋아하고 잘 할 수 있는 것을 찾아간다는 것은 분명
즐겁고 가슴 설레는 시간이었지만, 나를 들여다봐야 한다는 점에서
때로는 치열해야 했다. 찾아가는 과정이 때로는 만만치 않아 답답
하기도 했다. 이것은 수학 문제를 풀 듯, 정답을 찾는 과정이 아니
었기에 애매했다. 그리고 결국 12주간의 과정을 통해 나의 라이프
워크 '글쓰기로 존재에 용기를 주다'라는 한 문장을 발견했을 때는
기쁨이 밀려왔다. 동시에 두렵기도 했다. 발견한 라이프워크에 맞춰
내 삶을 풀어간다는 것은, 꽤 많은 영역에 있어서 삶의 재조정이 필
요하다는 뜻이었기 때문이다. 용기가 필요했고, 주변 사람들의 격
려가 필요했다. 그러나 이 부분에 있어서 난 이미 너무나 좋은 선택

을 한 셈이었다. 아내와 함께 했기 때문이다. 12주간의 시간을 통해 아내는 이미 나의 든든한 지원자가 되어 있었다. '여보가 이렇게 글쓰기에 대한 열망이 있는지 몰랐어'라는 의미 있는 한 마디와 함께.

사하라에서의 행복했던 12주가 끝나고 나서, 나의 삶은 결코 내가 발견한 그 라이프워크를 향해 직진으로 달려가지 않았다. 때로는 뒤로 물러서기도 했고, 때로는 애써 그 길을 외면하기도 했고, 때로는 그 길을 부정하기도 했다. 최선의 삶에 직면해야 한다는 것은 쉽지 않았다. 그러나 사하라에서의 추억을 간직한지도 어느새 1년의 시간이 지난 지금, 난 내가 가장 원하는 방식을 통해 나의 삶을 살아가고 있다. 바로 난 지금, 책을 쓰고 있다. 그것도 내가 가장 좋아했던 사람들의 존재에 주목하여 그들의 삶에 용기를 불어넣는 글을 쓰고 있다. 내 삶 가운데 늘 존재했던 스포츠 선수들 한 명 한 명에 대한 나름의 생각을 담아 그들의 존재를 풀어가는 글쓰기를 하고 있는 중이다. 그리고 아마도 큰 이변이 없는 한, 이 책은 2016년 안에 출간될 것 같다. 그리고 아마도 큰 이변이 없는 한, 이 책이 많이 팔릴 것 같지는 않다. 그 사실은 내게 중요하지 않다. 오직 두 가지 사실이 중요하다. 첫째, 내가 지금 '글쓰기로 존재에 용기를 주다'라는 라이프워크에 충실한 삶을 살아내고 있다는 것. 둘째, 이 삶을 살아감에 있어서 아내에게 격려 받고 존중받으며 가고 있다는 것. 그래서 결국, 나는 지금 아주 행복하다. 아무 문제가 없어서 행복한 것도 아니고, 내 미래가 보장되어서도 아니고, 적어도 누군가 짜놓은 판에 들어가서 가면의 삶을 살고 있지 않다는 점에서 그렇다. 하늘로부터 부여받은, 소재웅 본연의 삶을 살아가고 있어서 행복하다. 아무리 생각해도, 사하라를 만나고 이곳에서 아내와 함께 사하라를 경험한 건 내게 있어 신의 한수였다.

정안순
무궁교회 교육부 총괄

빛을 향해 함께 걷다

한 아이의 엄마, 그리고 직장인으로서 13년.

삶이 어느 정도 안정이 되었던 그때, 나는 문득 나 자신을 돌아보는 시간을 갖게 되었다. 전에 사하라를 경험했고, 잘 알고 있었다. 그리고 그때는 일의 필요성으로 다가갔다. 그랬었기에, 나 자신에 집중하기보다 시스템의 갖춰짐, 적용 가능성에 대해서만 파악했었다.

2015년, 다시금 사하라의 문을 두드리게 되었다.

열심히 했다. 그만큼 간절했기에...

그만큼 나를 찾고 싶었기에...

뭐든 시키는 대로 하고 싶었다. 내가 누구인지. 또 내가 진정으로 원했던 일이 무엇인지 찾아낼 수만 있다면 말이다.

12주의 과정 동안에 찾아낸 나.

혼자만의 어두운 삶에서 방황하는 이들과 함께 빛을 향해 함께 걸어가길 원하는 나.

가장 먼저 떠오른 집단은 바로 어머니들이었다.

가정을 이루고, 아이를 낳고, 그들을 기르면서 찾아오는 무기력감과 사회적 박탈감, 여성성의 상실. 이런 이유로 위축되어버린 여성엄마들에게 희망을 주는 일.

그것이 내가 찾아낸 '라이프워크'였다.

또 12주라는 기간 동안, 나의 롤 모델인 김미경 강사를 만나려고 무난히도 노력했다. 인터넷에서 그녀의 강의를 모조리 찾아 들었고, 그녀를 만나기 위해 성수동 사무실도 무작정 가보았고, 창원의 토크 콘서트에도 다녀왔고, 심지어 콘서트 후, 그녀의 차 앞에서 1시간을 떨며 기다리고 서있었다. 결국 그녀를 만났다. 심장이 터질 것 같았다. 간단한 나의 소개와 나의 꿈을 이야기했고, 그녀는 응원해주었다. 그 일을 하게 될 때 연락하라는 그녀의 말도 듣게 되었다.

내가 그녀에게 배운 점은, 무엇이든 시작하라는 것이다.

좋은 결과를 얻게 되면 좋은 것이요, 실패도 실패가 아닌 영양분이라는 것.

무언가가 이루어질 때 시작해야지.

나는 아직 때가 아니다.

조금 더 무언가 준비되면 시작하리라.

매번 마음과 씨름했다. 마음의 소리가 나를 과거의 자리에 앉히려고 할 때가 많았다.

그러나 지금의 나는 과감히 그 생각들을 버리고, 시작하고 있다.

나는 강의를 준비 중이다.

나는 직장에서 어머니들을 모집 중에 있다.

나는 두렵다.

나는 떨린다.

나는 설렌다.

나는 기쁘다

나는 빛을 향해 함께 걷는 길의 안내자로서,

만나게 될 어머니들을 기대하고 소망한다.

그 일은 지금 이루어지고 있다.

김민우
POSCO 글로벌리더십센터 매니저

삶의 희망과 꿈,
재미를 느끼며 살아가도록 돕다

'난 도대체 무엇을 잘 하는지 모르겠다. 심지어 뭘 좋아라 하는지 잘 모르겠다. 게다가 그나마 좋아하는 것을 해서는 먹고 살 수가 있을지 모르겠다.'

군 생활이 2년차에 접어들 무렵, 나는 심각하게 자기 불신과 기만의 경계를 오가는 시기를 보냈다. 그러던 중 지인으로부터 '사하라'를 소개받았다. 사실 이와 유사한 프로그램을 경력개발센터 등에서 몇 차례 경험한 나로서는 내심 '뭐 특별한 게 있겠나.' 하는 생각이 들었다. 하지만 사하라를 경험하고 자기 삶을 독립적으로 살아가는 친구들을 보면서 호기심이 생기기도 했다. 결국 사하라의 경험은 그 어느 시기보다 강렬했던 그 때를 건너가게 했다.

사하라를 경험하고 얻은 최고의 수확은 나의 '라이프워크'를 결정했다는 것이다. 그래서 소위 잘나가는 친구들을 더 이상 부러워하지 않게 되었다. 그들은 이른 나이에 국가고시에 합격하거나, 명문대-전문대학원 코스를 거쳐 높은 연봉을 받고 근무하며, 대체로 남들이 보기에는 성공적인 삶을 살아가는 친구들이었다. 만약 내가 사하라를 경험하지 않았다면 나도 역시 그들처럼, 그저 취업해서 인기 좋은 부서나 연봉, 또는 내게 익숙하고 편한 일만을 찾아갔을 것이다. 하지만 사하라는 마치 매트릭스의 '빨간약'을 먹는 것과 같았다. 한번 뿐인 인생을 부모님이나 형제, 친구 등 옆에 있는 사람이 말하는 대로 살지 않겠다는 결단을 주었기 때문이다.

나의 라이프워크는 '삶의 희망과 꿈, 재미를 느끼며 살아가도록 돕다.' 이다.

그리하여 주변 후배나 친구들이 진로와 꿈 때문에 고민할 때, 그들을 상담하며 '라이프워크'의 관점에서 안내해주었다. 그러다가 그런 친구들이 많을 때는 직접 라이프워크 수업을 안내해 그들의 라이프워크를 찾아주어 삶의 희망과 꿈, 재미를 느끼며 살아가도록 도왔다. 뿐만 아니라 직장에서는 라이프워크를 확장시켜 기업조직 속에서 창의소통을 통해 목표를 달성할 수 있도록 코칭하고 있다.

사하라를 경험하며 가장 또렷이 기억나는 문장이 있다.

"지금 내게 가장 가슴 뛰는 것을 선택하라"

가슴 뛰는 일을 선택할 때, 나의 뇌는 가만히 있지 않고 계속적으로 창의성을 발휘하면서 작동하기 때문이다. 라이프워크를 경험한 7년간, 나의 삶 속의 일과 만남들이 그러했다.

그리고 앞으로의 시간들도 그런 기대감과 신념 하에 당당하게 나에게 오는 도전을 맞이할 것이다.

난 이 책에 대해
무척 애정이 많다.

왜냐하면
비로소 큰산이라는 꽃이 피어나기 시작했다고 할까.

그동안 여러 고마운 스승들과 책들의 영향을 받아...
배우며 따르며 성장하며 안내하며 살아왔다.

그러다가 마침내 큰산이라는 꽃,
그 누구도 흉내 내지 않는, 큰산 본연의 색깔이 조금씩 나오는 것 같
아... 그래서 나는 이 책이 무척 마음에 든다.

한편 그동안 강의하면서 여러 청년들을 만났었는데,
그들이 하는 고민들, 진로에 관한 문제, 비전, 사명에 관한 궁금한
점, 그리고 라이프워크에 대한 질문들의 답변이 바로 이 책에서 다
뤄지고 있다는 것이다.

그래서 청소년과 청년들에게 꿈을 찾아주고 비전을 상담해주는 사
하라 드림컨설턴트들에게, 또 자신의 라이프워크를 찾아가는 청년
들에게도 이 책은 무척 유용하게 쓰일 것이라 기대된다.

이 책이 나오기까지,
자신의 라이프워크를 찾고 이루어가는 이야기를 선뜻 들려준 사하
라 선배들, 홍우림, 이진실, 배민철, 조성실, 정현덕, 김은구, 소재웅,
정안순, 김민우. 그대들에게 고마움을 전한다. 그대들의 이야기가
있어 이 책이 더욱 더 향기로워졌다. 자신들의 꽃을 찾고 피워가는
구체적인 이야기가 라이프워크를 찾아가는 후배들에게 좋은 힌트
가 될 것이다. 다시금 고마움을 전한다.

또 오랫동안 책을 위해 고심하고 디자인을 맡아 완성시켜준 정민,
〈사하라사막에서 꽃을 피우는 방법〉을 이어 그림을 그려준 홍시야
님, 사진을 찍어 기록을 남겨준 현덕. 그대들 덕분에 이 책이 나오게

되었다. 누구보다도 사하라를 함께 만들어가는 파트너, 라이프아트 기획자, 흐름에게 고마움을 전한다.

마지막으로
늘 큰산의 한계를 확장시켜주는 소울메이트, 나의 신부 지아와
첫째 딸 에너자틱, 바다
둘째 딸 애교쟁이, 하늘에게 사랑을 전한다.

부디
이 책이 라이프워크를 찾아가는 이들에게 신호가 되기를 소망하며

2016년 초가을
라이프워크 안내자 큰산

일생의 테마, 라이프워크를 찾아가는 사하라 이야기

그대라는 꽃은 피어납니다

ⓒ 임영복 2016

2016년 12월 23일　초판 1쇄
2018년　1월 22일　개정판

지은이	큰산 임영복

제작	사하라
출판기획	사하라
일러스트	홍시야
북디자인	DECLAY 이정민
교정교열	소재웅

펴낸곳	SAHARA BOOKS
주소	서울 광진구 광장로 78 광성빌딩 202호
전화	02_453_7068
홈페이지	www.thesahara.co.kr

이 도서의 국립중앙도서관 출판시도서목록(CIP)은
e-CIP홈페이지(http://www.nl.go.kr/ecip)와
국가자료공동목록시스템(http://www.nl.go.kr/kolisnet)에서
이용하실 수 있습니다.
(CIP 제어번호: 2016029496)

ISBN　　978_89_98733_81_0　03800
책값은 뒤표지에 있습니다.